裏庭ダンジョン
―世界は今日から無法地帯
新宿駅
塔ノ沢渓一
Keiichi Tonosawa
イコモチ［イラスト］
Illustration icomochi
UG novels
JN197798

自衛隊との共闘で
無法地帯となった
北海道へ……
巨大トロール及び
「オークの巣」
殲滅を目指すが……

「泳がないのか？」
「子供じゃないのよ」

UG novels

裏庭ダンジョン

~世界は今日から無法地帯~

塔ノ沢渓一
Tonosawa Keiichi
[イラスト]
イコモチ
Illustration icomochi

三交社

裏庭ダンジョン ～世界は今日から無法地帯～

[目次]

ダンジョン誕生 003
日本激震 005
初戦 010
激闘 015
ダンジョン酔い 019
骸骨戦士 025
収入 032
骸骨卒業 039
オークゾンビ 045
査定 051
庭園 058
ダンジョン管理法 065
庭園の終わり 072
講習会 078
不穏 087
販売会 094
司書 102
大図書館 108
東京 114
無法地帯 121
新宿一層 131
新宿二層 137
パーティー 143
蘭華 149
攻略 157
麒麟 164
連携 171
魔剣 178
オーガ 184
オーク討伐 191
新宿三層 199
作戦 206
宝物庫 213
宝箱 221
海 228
下見 235
決行日 243
オーク 250
エリアボス 258
一休み 266

用語解説 274

Contents

ダンジョン誕生

深夜、この世の終わりかと思うほどの大きな地震によって目が覚めた。

空中に放り出されて、天地がどちらかもわからないまま、俺はトリプルアクセルを決めたみたいになってベッドから落ちた。

いつもとは違う、振動が細かいというか、揺れ幅が狭いというか、とにかくそんな感じの揺れ方だった。

永遠にも思えるほど長く続いたあとに、その揺れは唐突に収まった。次の揺れが来る前にと思い、俺は蹴とばしたサンダルを追いかけるようにして家を飛び出す。道に出てあたりを見渡せば、周りでは俺と同じように出てきた近所の人たちが不安そうな顔を見合わせていた。

その中に幼馴染を発見した俺は、急に恥ずかしくなって顔を伏せる。

気付かれたくなかったので、地響きのような音が聞こえてきた裏庭の方へと顔を向けた。

何の音だろうか。大した音ではないが、聞き覚えのない音である。この方向には、裏庭と畑、あとは林くらいしかない。

この場を離れる口実にはちょうどいいと思い、俺は音がする方に歩きだした。

それにしても、いきなり現れた幼馴染に俺は冷や汗が出るほど驚かされた。化粧気のなかった高校の頃とは違って、驚くほど綺麗になっていた。幼馴染だというのに、高校に入ったくらいからあまり口を聞いた覚えがない。俺の苦手意識もあって、いつの間にか話をしなくなったのだ。

そんなことを考えながら裏庭に回ると、石でできた洞窟の入り口のようなものが、ぽっかりと口を開けて俺を迎えた。

俺は思わず足から力が抜け落ちたようになり、その場に尻もちをついた。なんという恐ろしい暗闇だろうかと、地の底までも続いていそうな闇に根源的な恐怖を感じる。

奥はまったく見えないが、わずかに空気が漏れ出ている気配があった。

場所は木の陰になったところで、シイタケの原木を並べていた場所だ。とっくにシイタケは出来なくなっていたが、そんな場所が洞窟になっている。

まるで岩で出来た怪物が大口を開けているかのようだ。

穴の中は、下り坂がゆるやかに下へと向かっていた。

そして穴の中からは、地鳴りのような凄まじい音がいまだに鳴り響いている。

少し怖くなった俺は、家の中に戻って布団をかぶり、そのまま寝ることにした。

地震もひとまずはおさまったようだし、いつまでも外にいたって蚊に刺されるだけだ。

どうせ洞穴に見えるだけで、きっとその先には何もないのだ。

その時は、ゲームにでも出て来そうな洞穴を調べてみる気にはならなかった。

結局、朝まで続いた振動音と余震のおかげで、俺は何度も起こされることになった。

日本激震

朝起きてテレビをつけると、まるで戦争でも起きたかのような騒ぎになっていた。

ヘリコプター映像とともに流れるテロップには、死者や災害などといった物騒すぎる文字が踊っている。

俺が呑気に寝ている間、どうやら世の中は不安と混乱の渦中にあったようだ。

世界各地で、大きな洞窟の入り口のようなものが出来たと言っている。東京でも複数の洞窟が現れ、特に新宿駅のあたりに大きいのが出現し、同時に周囲一面が更地になったと報道されていた。更に、未確認生物が発見されたという情報も曖昧ながら入ってくる。

テレビには裏庭にできたのよりも、はるかに大きな洞窟の入り口が映し出されていた。その周りには、立ち入り禁止の看板とともに厳重な警備の様子が見て取れる。

ビルが何棟も倒れたらしいが、明け方だったこともあって被害の割りには死者の数が少なかったとのことである。

そのあまりにも衝撃的な内容に、俺は店を開ける気にもなれず、テレビの前に一日中張り付くことを決めた。

俺が高校を卒業してすぐ、交通事故によって他界した両親が残してくれた店である。

その蕎麦屋と家、それに軽トラック一台が俺の全財産だった。

親が死んで専門学校をやめることになったが、店を継いだのは失敗だったと思っている。

立地の悪さから、土日でもなければ客などほとんど来やしない。何を思ってそんなところに店を建てたのかわからないし、何を思ってそんな店を継いでほしいなどと俺に言っていたのかもわからない。

まあそれは今どうでもいい。

モンスターが洞窟から現れたと最初の報道があったのは、その日の午後になってからのことだった。

北海道の山間部にできた洞窟から、イノシシの化け物が大群で現れて、近くの村が襲われたそうである。

そして調査に向かった自衛隊の小隊が壊滅させられ、三十二人が死亡したと報じられていた。

重苦しいムードが漂う中、すぐさま自衛隊によって大隊が派遣されたが、夜になって、この大隊は二個小隊を失って撤退したとの政府発表が行われる。

その日、北海道中南部一帯は厳重隔離区域に指定された。

同時に、世界各地にできたのは地下大空洞の入り口であるとされ、未確認生物の巣窟であるとの発表があり、一般人の立ち入りは固く禁止されることとなった。

そんな一大事の最中、俺は仕事をさぼって、テレビとパソコンにかじりついていた。

ネットでは早くもオークの襲来だとか書かれ、関連の掲示板なども立ち上げられている。

そこには、立ち入り禁止になっているはずの地下空洞へと降りた人からの情報もあり、臨場感のあるレポートや動画などが上げられていた。

報道されている今回の騒動の死者数が、全世界で一万を超えたのもこの頃である。

そんな中、ネットの掲示板では、魔物にはこちらの世界の物を用いた攻撃は通用しない、だとか。スライム程度なら素手でもなんとか倒せた、だとか。己の体を武器にすれば雑魚くらいはやれない事もない、だとか、嘘か本当かもわからないような情報であふれていた。

加えて、アイテムドロップやレベルのようなものの存在まで確認されているようだった。

アイテムドロップは文字通り、倒した敵が煙となって消えて、代わりにアイテムが地面に落ちるというものである。

レベルの方は、敵を倒すと明らかに体感として強くなるというものだった。

どうやら地下大空洞では地上の物理法則が一切通用せず、ゲームのようなシステムが存在するという事らしい。

どこまで本当かわからないが、ある程度は真実を含んでいるのだという事がわかる程度には、地下空洞に行ったという人の話は似通っている。

だから自衛隊が一方的にやられてしまったからといって、こちらに対抗手段がまったくないわけではないようだった。

ただし、誰々が地下に行って帰ってこないから助けてくれといった書き込みも多い。

北海道で二個小隊を失ったこともあり、自衛隊も警察も、今のところ地下空洞に関する調査や救出に動き出す様子はない。

北海道のオークたちは洞窟の付近に集まり、砦のようなものを作り始めているので、今のところ周囲にこれ以上の被害が出る様子はなかった。

夜になる頃には、魔法の存在が確認されたことにより掲示板が沸き立っていた。

最初は俺もネット上の書き込みには懐疑的だったが、手のひらから丸い玉が放たれる様子が動画で公開されると、似たような動画が次々に上げられることとなった。

〝魔弾〟と頭の中で念ずるだけで、手のひらから何かが放たれたという話だ。

映像を見てもなお信じられないでいたが、家の裏にある洞窟で試せると気が付いて、俺は薄暗くなってきていた裏庭に出た。

裏庭にはテレビで報道されているものよりはいくぶん小さいものの、同じような見た目のダンジョンの入り口があった。

恐る恐る近寄って、片手だけを中に入れて魔弾を試してみる。

この魔法はダンジョンの中でしか使う事が出来ないらしく、試した者はまだ少ない。

俺は魔弾と頭の中で念じてみた。

すると魔法はあっさりと成功して、黒い霧のようなものが球となって撃ちだされ、洞窟の暗闇に消えていった。

俺は夢から覚めたような気持ちになって、軽トラックを動かして洞窟の前に停め、洞窟の入り口を塞ぐように板やら棒やらを挟み込んだ。

もしオークでも出てきたら、俺の住んでる街も壊滅させられてしまう。

役場に行こうかとも考えたが、ネットで実況している人たちが入っているダンジョンのように弱い敵しかいない場合もある。

それに価値のあるものをドロップするモンスターがいる可能性もあるのだ。

何より、役場なんかに申し出たら、辺り一帯を立ち入り禁止区域にされてしまって、避難生活を余儀なくされるだろう。

それどころか洞窟を封鎖するために、俺の家も店も重機で取り潰されたっておかしくない。

俺は物置からブルーシートを取って来て、アーチ状の石の上を覆った。

これでヘリを飛ばされても見つかりはしないだろう。

今日は日本全体が混乱に包まれていたが、そのうち大規模な調査によって入り口の数くらいは把握しようとするはずである。

初戦

俺はベッドの上でまんじりともせず眠れない時間を過ごしていた。

一日中パソコンの画面に張り付いていたから、神経が昂《たかぶ》ってなかなか眠気がおとずれない。

最近は生きているという実感が希薄になっていたように感じられる。

店を盛り上げようと頑張っていた頃もあったが、三か月もしないうちに人通りがないんだから無駄だと悟った。何をやっても上手く行かずに、泣き言を聞いてくれる相手もいない。

そんな生活をしていたら、人間誰しもむなしくなるものだ。

そんな無気力になっていた俺でも、今日は血を流して戦い冒険する人たちの動画を見せられて、なんだか火を付けられたような気分になっていた。

自衛隊が殺されたと報道されているのに、それでも恐れずにダンジョンに入って行く命知らず達に、どこかで引け目のようなものを感じていたのだろう。

もしかしたら引け目なんか感じておらず、ただ自分に言い訳しているのかもしれない。

なぜなら、俺はもうダンジョンに潜りたくて仕方なくなってしまっていたのだ。

むくりと起き上がると、家中からあるだけの懐中電灯と電池をかき集めた。

夏だというのにジャンバーと毛糸の帽子をかぶり、ズボンも冬用のソフトシェルを選んでいる。

だが、これらはあくまでも滑って転んでけがしないためのものだ。

ネットでも、防具は一切意味がないということで、全員の意見が一致していた。異世界の見えざる力によって、この世の物質は侵食されてしまうという話である。

自衛隊員の生き残りによれば、未確認生命体の持つ杖からほとばしる炎によって戦闘車両も兵器も燃やされて炭のようにされてしまったらしい。そしてこちらの世界の道具では、銃で撃とうがナイフで斬りつけようがほとんど弾かれてしまい役には立たない。

だからネットでは洞窟内の石が、最も有効な武器であるとされていた。

俺は準備を済ませて洞窟の前に立った。

入り口をふさいでいた軽トラックは脇にどかしてある。

もう後戻りはできない。

俺は洞窟内に足を踏み入れると手ごろそうな石を拾い上げた。

俺はゆっくりと洞窟内の勾配を下って行く。

軽トラックすら入れそうな大きさの洞窟である。

百数十メートル下ったところで地面が平らになった。それと同時に広大な空間が目の前に広がる。

視界を塞ぐ勾配や障害となる地形だらけだ。

俺は服が汚れるのも構わずに、手ごろな岩に取り付いて2メートルほどもある崖を上った。

その先で、最初のモンスターが現れる。

現れたのはカエルの格好をしたモンスターだった。バスケットボールくらいは優にあるイボガエルだ。

カエルはグエッという鳴き声と共に、俺に向かって魔弾を放ってきた。

全力で右にかわそうとしたが、あまりのスピードにそれもかなわない。ドスンという音と共に左肩の感覚がなくなった。

さすがに、スライムからというわけにはいかないらしい。

カエルですらこれなのだから、イノシシと戦った自衛隊には気の毒と言うよりほかにない。

攻撃を受けたところでランタンが飛ばされて地面を転がり、ザックの肩ひもが切れて右肩にぶら下がっているのみとなった。

ザックを地面に投げ捨てて、俺は体勢を低くした。

ランタンを落としたことにより、周りは少し暗くなってはいるが、イボガエルの位置はかろうじて見えている。なぜか相手からもこっちらが見えているようで、二発目の魔弾が飛んできた。

右手で掴んでいた石をやみくもにイボガエルに向けて突き出すと、魔弾の当たった感触がした。

石は弾き飛ばされて、右手の親指に力が入らなくなる。

やばい。

左腕は肩が外れているのかまったく動かせないし、右手も親指が突き指したみたいになって、力が入らなくなってしまっている。

これは長引かせるわけにはいかなくなってきた。捨て身になってでも攻撃を当てる必要がある。

俺はイボガエルに向かって魔弾を放った。

このイボガエルが放ってくる魔弾の威力なら、カエルくらい簡単につぶせてしまえそうなものだが、俺の魔弾はカエルを五十センチくらい吹き飛ばしただけで終わった。

俺が全力で殴り飛ばしたくらいの威力だろうか。

しかし、威力の低さを嘆いている暇などない。

俺は走り寄って、もう一発、カエルのどてっ腹に向けて魔弾を放った。

グゲッと鳴いて、カエルも苦し紛れの魔弾を放ってきたが当たりはしなかった。

俺は石ころを拾い上げて、そいつでイボガエルの頭を殴りまくった。ガチンという硬質な手ごたえと共にカエルが動かなくなると、体に力がみなぎってくる。これがレベルアップというやつだろうか。

それよりも外れてしまった左肩をなんとかしたいところである。肩が外れたまま放っておくと元に戻らなくなると聞いたことがある。

俺は右腕でどついたり、壁にぶつけてみたりしてみたが、一向に肩が入る気配はない。焦った俺は、とうとう自分の肩に右手を当てて魔弾を放った。

ボゴンという音共に肩のはまった感触がして、気絶しそうになるほどの痛みに襲われた俺は地面を転げまわった。

いつの間にかカエルはいなくなって、その場所には小さな赤色のクリスタルが落ちている。

触っているとつぶれそうな感触がしたので、そのまま押しつぶしてみた。

すると体の痛みがみるみる消え去っていったのである。

おそらく回復アイテムだったのだろう。

命の危険も感じたし、収穫もあった。

そろそろ帰るべきだろうか。

しかし、俺はまったくもって満足していなかった。

まだ全力を出して戦ったという満足感が得られていない。

世界各地で軍人がダンジョンから出てきたモンスターに殺された。そして、その現場映像を一日中見せられていたのだ。

今日一日、テレビを見続けてわかったことがひとつある。

今、世界は終わりに向かっているということだ。モンスターが現れ、罪もない人が死んでいる。そして、そいつらはいつか俺の所までやってくる。

だから俺はテレビを見ながらずっと、全力で戦って、その後で死にたいと考えていた。抵抗もできずに一方的に殺されるのだけは我慢がならない。だから俺はこんなバカなことを始めたのだ。

俺は決意を固めてゆっくりと立ち上がった。

激闘

俺は地面に散らばっていた荷物を集めて、鋭い角を持つ石ころを一つ拾い上げた。イボガエルの魔弾を受けて砕けた石の破片である。石器ナイフのような見た目をしていて、使い勝手が良さそうだった。

俺はその石片を石ころ丸と名付けようとか、馬鹿なことを考えながらポケットにしまった。

懐中電灯はスイッチを切ってしまうことにした。

目が慣れてきたのもあるが、なぜかぼんやりと発光している岩の光だけでも進めそうだったからだ。その光る石の一つを持っていくことにする。懐中電灯ではあまりにも明るすぎて敵に見つかりやすくなってしまうのがまずい。

次のイボガエルは簡単に見つけることができた。

いきなり飛ばしてきた魔弾を腕でガードするが、さっきよりもダメージが低いように感じる。とても肩が外れるような衝撃ではなかった。これなら急所に当たっても命に関わるほどじゃない。

魔弾を使った殴り合いのようになりつつ、なんとか二匹目のイボガエルを倒した。

気持ちの悪い肉片のようなものを落としたが、これはリュックサックの中に仕舞っておいた。

その後もイボガエル狩りを続ける。

奴らは暗がりを好むのか、こんな洞窟の中でさえ岩の陰など目立たないところに入り込んでいる。

そして俺が通りかかったところを、魔弾で狙ってくるのだ。

もう少し威力の出る魔弾を撃ちだせやしないかと試行錯誤しているうちに、俺はあることに気が付いた。別に魔弾と念じなくても、ちゃんとイメージ出来ていれば黒い玉は発射されるのである。魔弾という言葉で、有名なアニメで見たイメージを喚起させているだけなのだ。まわりから集めた気を放つというイメージである。試しに、まわりから集めた気をコブシに集める、というイメージをしてみたがうまくはいかなかった。なぜか撃ち出すイメージしか上手くいかない。

どのくらいイボガエル狩りを続けただろうか。もはや一撃で倒せる程には楽になってきたし、赤いクリスタルもだいぶ集まった。こいつらは回復のクリスタルを良く落とす。

そして、ここに居るカエルたちは何かから身を隠すために、岩陰に潜んでいるのではないかという気がしてくる。

イボガエルを十五匹も倒したころ、一匹の白オオカミを見つけた。

臆病になることも大切だとはわかっているが、なんだかよくわからない怒りのようなものに突き動かされていた俺は、隠れていた岩陰から飛び出して、おいっと叫んだ。

白オオカミはビクリと飛び跳ねてこちら側に振り返る。

その顔面を殴りつけるかのように魔弾を叩き込んだ。ギャンと鳴いてオオカミは後ろに離れるが、俺は追い打ちをかける手を止めずに二発目の魔弾を放った。

命中。

それでもオオカミはぶ厚い毛皮に守られているのかダメージが少ない。

俺はポケットに手を突っ込んで、さっき拾った妖刀――〝石ころ丸〟の出番かなと考えた。

その時、オオカミが遠吠えのような仕草に入ろうとしたのを見て、仲間でも呼ばれたらたまらないと全力の体当たりをかましてやった。とたんに毛皮を着た奴に体当たりしたとは思えないほどの硬質な衝撃を受けて俺は弾き飛ばされる。頭を打ったのか、足に力が入らない。

なにかがおかしい。

俺は体勢を立て直すと、もう一度魔弾を撃ちながら突っ込んだ。

遠吠えのような仕草が見えた瞬間、ガラスのような輝きにさえぎられて、硬質な感触にぶつかった。

なにか、魔弾のような魔力操作をやられているというのはすぐに分かった。かなり強度の高いガラスのようなものを呼び出せるらしい。

ならばと、俺はもう一度突っ込んで、わざとシールドのようなものを作らせ、そこに石ころ丸を叩き込んだ。硬度の高い石ころの一点攻撃は、見事オオカミのシールドを打ち破った。

逃げようとするオオカミの尻尾を掴み、凄い力で振り回されながらも魔弾を放つ。

魔弾が当たっても、このオオカミにはダメージが少ない。

吹き飛ばされて岩に叩きつけられたところで、俺はポケットの中の赤いクリスタルを握り潰して回復する。

そして距離をとって睨み合ったところで、オオカミの後ろからもう一匹、同じような白オオカミが出てくるのを見た。

上等だと逆上した俺は、もう一度、石ころ丸を構えて突っ込んだ。

破り方を覚えたシールドはもう通用しない。こちらはシールドを叩き割って、相手の鼻先を狙って魔弾を撃ち込むだけだ。しかし、動きが素早くて、少しでも距離があると魔弾はかすりもしなくなる。だから必死で追いかけまわしながら、これでもかというほど魔弾を食らわせてやった。

そしてついに、オオカミの鼻先に魔弾が命中して、敵が地面を転げまわっているところに、石ころ丸渾身の一撃が頭蓋骨へと入った。

確かな手ごたえと共に、白オオカミは煙に消えて一本のナイフへと変わった。それを拾い上げた俺は、残った一匹を仕留めにかかる。

ナイフは恐ろしく便利な道具であった。軽く突いただけで、たやすくシールドを突き破った。左手でオオカミの毛皮を掴むと、抵抗して俺の腕に噛みついてきたので、俺はナイフでオオカミの腹を突き刺し、切り裂いて絶命させた。

ザックから回復結晶を二つ取り出して噛まれた左腕を回復する。ちょうど二つを砕いたら、綺麗に傷口が塞がった。血を流したせいで多少ふらふらするから、もう一つくらい砕いておいた方がいいのかもしれない。

立ち去ろうと思い地面を確認すると、二匹目のオオカミはおにぎり型の石ころに変わっていた。カエルからも同じようなものが出ているから、これで三角の石ころは二つ目である。

俺は少し具合が悪くなってきたので、ダンジョンから出ることにした。地下では光る岩の形が独特なので来た道は覚えやすい。ふらふらと歩いていたら、すぐに家の裏庭へと出ることができた。

朝日に照らされた我が家を目にしたときは、それ以上ないほどほっとした。

そして荷物を玄関に放り出すと、自分の部屋に戻る気力もなく、そのまま玄関のあがり口に横になって寝てしまった。

ダンジョン酔い

夏の日差しと、心地のいい涼やかな声に起こされる。

田舎だから、木々のおかげで夏といっても夜の間はそれほど暑くならない。

目を開けたら、至近距離にドキッとするような魅惑的な太ももがあって驚かされた。

「なんて格好をしているのよ。どうしてそんなことになっているの」

そう高圧的な声を発したのは、美しい顔立ちをした俺の幼馴染だった。ソファでだらしなく寝ていた俺を見下ろしている。夜中に一度目を覚まし、こっちに寝なおしたのだ。

「……なにがだよ」

そう言いつつも見下ろせば、袖が無くなってノースリーブみたいになった、穴だらけでボロボロのジャンパーを着た自分の姿がある。なぜか砂汚れはそれほどでもない。

「返事がないから勝手に上がらせてもらったわよ。あまり気を落とさない事ね。お線香だけでもと思ったけど、また今度にするわ。剣治も、気持ちを立て直さないと駄目よ」

そうかよ、とだけ言って、俺はしっしと追い払う仕草をする。

何を勘違いしているのか、両親が死んだショックで俺がおかしくなったと思っているらしい。そんなショックはとうに癒えて、俺は自分の趣味として頭のおかしな行動をとっているだけだ。

「これ、お土産よ」

そう言って、平べったい箱のようなものを俺の顔めがけて投げつけてくる。

俺が落ち込んでいるわけでもないと気が付いたのか、扱いがぞんざいになってきた。

俺が包みを開けて、出てきたバームクーヘンを食べ始めると、佐伯　蘭華《らんか》は勝手に冷蔵庫まで行って麦茶をコップに注いで持ってきた。

「はい。それじゃ、私は帰るわ」

「ああ」

「今大変なことになってるでしょ。だから、しばらくこっちにいることにしたの」

「そうか」

気恥ずかしさから、俺がそっけない態度でいると、蘭華が怒ったような表情になる。

「一生そうやって寝ぼけてるといいわ」

それだけ言い残して、蘭華は帰って行った。

バームクーヘンを食べ終えた俺は、風呂に入ってTシャツとジーンズに着替えた。

そしてネットの情報が更新されていないか調べはじめる。

新しい魔法を見つけたとして、マジックシールドに関する情報があった。一度でもモンスターを倒していれば洞窟の外でも使えるという事なので、俺は一回で成功する。六角形の黒い線が入ったガラスのような半透明のシールドが展開された。

もう一つ、こちらは魔法なのか何なのかわからないが〝天啓〟というものがあるらしいので試してみる。

神よ示せと念じると手のひらの中にプレートが出て来た。

伊藤　剣治
レベル　5
体力　62／62
マナ　58／58
魔力　23
魔装　10
霊力　571
魔弾（2）　魔盾（1）
魔光受量値：1042

魔力は魔法攻撃力、魔装は防御力、霊力は異界での体の強さではないかと言われている。そして隅に小さく書かれた魔光受量値は、呪いのようなものだという話である。

地下に長く潜ると魔力酔いのような状態になって、体にダメージを受け続けるらしい。昨日、レポートを上げてくれていた人たちも、それによって今は動けなくなっている。

俺も昨日からずっと体調が悪い。頭痛と吐き気、体と関節の痛みによって歩くのもつらい。

しかし受けた魔光の総量を表す数値は減っていくので、しばらくすればよくなるだろうという事だった。

それにしても手探りで、こんなことまで調べ上げた奴らは本当に凄い。

俺が手に入れた物に対する情報はほとんどなかった。回復クリスタルについてはわずかに情報があって、スライムを倒したらとても低い確率でドロップするらしい。

そしてモンスターが残す体の一部は、食べると何らかの効果を発揮するようである。すでにスライムの体の一部を食べた者がいて、一次的に魔力が少し上がったそうだ。20程上がるというから、割と有用な効果のようである。こちらも俺が手に入れた肉片同様に、薄い膜のようなものに包まれているらしい。

情報を貰ってばかりでも悪いと思い、俺は自分が戦ったモンスターと、手に入れた物について書き込むことにした。

気持ちの悪い肉片　七つ
回復クリスタル　四個
三角の石　二個
ナイフ　一本

俺の書き込みには、かなり多くのレスポンスがあった。ほとんどの奴は信じていないが、経験者ならわかるだろうと思って書いている。そして、俺の書き込みを信じてくれた人たちの中でも、ナイフについての反応が一番大きかった。

ナイフの切れ味は、この世界にあるものと大して変わるわけではない。多少は切れ味も良くなっているかといった程度である。

そんなことを答えているうちに、また一段と体調が悪くなってきたので、まだ質問は続いたが切りあげる旨を告げてベッドに横になった。

体の痛みがひどくなってきて、椅子に座っているのでさえ辛くなっていた。

ベッドに横になって壁にかけたジャンバーを見ていたら背筋が寒くなる。はじけ飛んだ部分は、黒く変色し干からびたようになっていた。まるで、この世に存在することを否定された物質のようである。酷く劣化していて、触っただけでも金属のチャックの部分が簡単に崩れ落ちた。これでは戦車や戦闘ヘリの装甲も関係ないだろう。

魔光を浴びたというのは、いったいどれほどの影響を受けるものなのだろうか。

身体を襲う痛みがひどくなってきて、それが恐怖を引き起こしているようだった。

俺は強い眠気に襲われて、逆らいきれずに眠りに落ちた。

骸骨戦士

丸一日寝込んで、やっと魔光受量値が二桁まで下がった。

寝て起きたら魔装の値が36まで上がっている。この苦しみは、体が魔力のようなものに耐えられる体へと創りかえられているのだろうか。

寝ている間に、無断で地下空洞内に降りた民間人が炭になっているのを調査団に発見されるという事件が起きていた。たぶん俺のジャンバーのように、魔力に当てられすぎると体が存在できなくなってしまうのではないだろうか。

今、日本で起きていることは世界各地でも起こっている。そして地下空洞に降りようとする民間人は後を絶たない。俺が寝ている間に、政府は新たに調査団を作ったようである。地下空洞からの物資なしに、安全は守れないという意見が声高に主張されていることもあって、政府は決死隊のような悲壮感のある調査団を作って送り込んだのだ。

魔物にはダンジョンの武器しか通用しないことは、既にネットでは皆の知るところだ。

ネットにはスライムやゴブリンを倒したという報告が上がっていたようだが、最初期にダンジョンに降りた人たちは、いまだ魔光によって寝込んでいるのか、報告の続きはない。

俺が持ち帰った気味の悪い肉片は、ネットで調べてみたところ、肝臓という部位であることがわかった。つまり肝である。カエルの肝が何かに効くという記載は見つけられなかったので、たぶん精力か何かの象徴であると思われる。ドロップ品の肉片は薄い膜に覆われて、艶々と光っていた。

俺はさっそく食べてみようと膜を破って取り出し、フライパンに放り込み火にかけた。

なぜそんな無茶をするのかといえば、きっと魔力に耐えられる体を作るのに、必要なのではないかと思うからだ。ネットではすでにスライムゼリーを食べた者もいて、体の調子がよくなったと書き込んでいるのを目にしていたこともある。

7つも焼いたらかなりの量だが、体調の悪かった間、ろくに食べられなかったのでちょうどいい。塩コショウで味付けして適当に食べたら、信じられない程に美味かった。油がもの凄く美味しくて、トロっとした触感がすっと消えて、体に沁みこんでいくかのようだ。

身体に黒いパワーがみなぎってきたので、たぶんマナを回復してくれるアイテムではないかという気がする。これは今食べてももったいなさそうなので、タッパーに移しておくことにした。次にダンジョンに行くときにでも持っていけばいい。

俺は、かわりにそばがきを作って食べた。

ネットでは素材の買取なんてものをやっている人も見かけるようになった。

ゴブリンがよく布切れや、革の切れ端といった素材を落とすという話である。

身に着けているものが、ほんの少しダメージを負っただけで崩れ去るというのは困りものだ。どんな服も使い捨てになるから、もったいないにもほどがあるし、穴が開いて中身が落ちたりしないバッグのようなものも必要だった。だからダンジョン産の素材で作られた服が売られているのなら、ぜひとも買いたいところである。

ネットで見かけるモンスターの情報は地域によってある程度のまとまりがあるのだが、裏庭のダンジョンに関しては、それらのどのダンジョンとも一致しなかった。

カエルやウルフといったモンスターの情報は、海外からまばらに入ってくるといった程度で、国内情報は全くない。

モンスターの種類から見れば、日本全国では四種類程度のダンジョンしかないようである。

スライムとゴブリンが出てくるのは東京周辺にできたダンジョンだけで、滋賀周辺にできたダンジョンにはコウモリとアリしか出ない。そして九州はタコのような奴が出る。

これらのことから、その一帯にできたダンジョンは中でつながっているのだろうと思われた。どういうわけか俺の家の裏庭にあるダンジョンだけは、繋がっていそうな他の入り口がどこにもなかった。位置的にも浮いているので、本当に独立している可能性がある。

そしてダンジョンの中で最も危険度の高そうなのが、北海道にできたオーク砦の下にあるダンジョンだ。オーク砦の中では、ビルほどの大きさもあるトロールの存在が確認されたそうだ。

現在は自衛隊のヘリでも近づくことが出来ず、衛星写真からでは入り口の正確な位置すらわかっていない。

俺は魔光受量値が完全にゼロになるまで待ってから、食べ物と道具をザックに詰めてダンジョンに降りた。

まずは目を馴らすために、ライトを消して動かずにじっとしている。しばらくその状態でいたら、光る石の欠片を手に持ってダンジョン探索を始めた。

夏だというのに地下は少し肌寒いが、少し動いたら寒さは気にならなくなった。

俺は抜き身のナイフ片手に、手当たり次第にイボガエルを倒しながら進んだ。

今回はナイフがあるから、マジックシールドとナイフだけで簡単に始末できる。

魔弾はマナの消費がないが、シールドの方は作り出すシールドの大きさに合わせてマナが減る。身体全体を覆えるようなものを出せば14もマナが消費された。

それにしても本当にゲームのようなシステムである。命がけでやってることは間違いないのに引き締まらない。

カエルを十匹と、オオカミを三匹ほど倒したところでレベルが6に上がった。

今回はマジックシールドを使ったことで、二回ほどマナが尽きている。

そのたびにカエルの肝を食べて回復していた。三個も食べればマナの数値は満タンになった。

クリスタルを使うようなケガは一度もない。

ここまでのドロップは回復クリスタル五個と肝六個、それにウルフからドロップした巻物である。

休憩ついでに巻物を開けてみると、なんだかよくわからない文字が書き込まれていた。魔力を流すと魔法の巻物だという事が何となくわかる。そして、なんとなく使おうと意識しただけで巻物は効果を発揮した。巻物が燃えてなくなると、ステータスにアイスダガーがプラスされている。

本当にふざけているなと思いながら、三角の石を取り出して魔力を流してみた。どうやらこちらは剣術とオーラが習得できるようである。その場で両方とも習得しておいた。

魔法の方は数字がついていなかったのに、剣術とオーラには熟練度のような数字がついている。いったいいくつが習得レベルの上限なのかわからないが、俺の魔弾は既に4になっている。マナを消費しないのをいいことに、こればかり使っていたからだろう。

試しにアイスダガーと念じてみたら手裏剣サイズの氷の塊が打ち出されて地面に刺さった。消費マナは4である。実戦で使ってみると、ウルフのシールドを貫通してダメージを与えることができた。使い勝手としては、貫通力のある魔弾といったところだろうか。氷だからといって、相手が凍ったり動きが遅くなったりという事はない。

その後は、カエルの肝を生で食べながらマナを補給しつつ敵を倒して、さらなる奥を目指した。魔光受量値には気を付けているが、思ったよりも上がり方が穏やかで、四時間は経過しているのに200ちょっとというところである。

さらなる敵を探して足早に移動していると、どういうわけか足元の岩が気になった。なんだろうか。岩から結晶のようなものが突き出していて、強い魔力が感じられる。なんとなく価値があるもののような気がして、それを俺はザックの中に仕舞った。そして獲物探しに戻る。

途中、オオカミが三匹ほど出た。オオカミを倒しながらしばらく進むと、急に足元が整地された地面に変わった。そして骸骨剣士が、突然暗闇の中から踊り出してきたのである。

振り下ろされた剣を左手で作り出したマジックシールドで受けるが、シールドは砕け散って俺の左手首に深々と剣が突き刺さった。俺は怯まずに前に出て、ナイフを頭蓋骨に突き刺している。剣術のスキルを習得して以来、ナイフの切れ味が上がっていた。それにレベルのお陰か身体が強化されているのもわかる。

しかし、俺は骸骨に腹を蹴られて地面の上を転がった。起き上がろうとすると、骸骨剣士が俺に向かって飛びかかってくるところだった。魔弾を放ってバランスを崩させ、なんとか脇に転がって振り下ろされた剣をかわす。

ヤバすぎる相手だ。動きが早くて、攻撃に躊躇がない。しかも休みなく攻撃を仕掛けてくる。

無理にナイフで攻撃を受けたら、手からすっぽ抜けたナイフはどこかに飛んで行ってしまった。俺は回復クリスタルを砕き、逃げながらアイスダガーをマナが尽きるまで放った。それでどうにか骸骨剣士を倒すことに成功した。

落ちたナイフを回収して、ドロップの盾を拾う。骸骨剣士は錆びた両手剣しか持っていなかったのに、ドロップは盾である。

それにしても、もう少しリーチのある武器が欲しい。この骸骨剣士を倒していれば、いつかはまともな武器を落としそうな予感がある。そんなことを考えているうちに、今度は弓を持った骸骨戦士が現れた。

俺は盾を構えて、新たに現れた骸骨に向かって突進する。

相手は三本の矢を放った後に、ショートソードに持ち替えて、俺を迎え撃つ体勢をとった。

俺は構わず盾を構えたままタックルを食らわせて、逆手に持ったナイフを頭蓋骨に突き立てる。腹に燃えた火箸を突っ込まれたような感触を覚えるが、ポケットから取り出した回復クリスタルを噛み砕いて傷口を塞ぎ、さらにナイフで突きまくった。

かくして俺は、両手剣を手に入れた。

薄っぺらなくせにかなり重たいが、振れないこともないといったところだ。刃はボロボロで切れ味は全く期待できない。

俺は盾を背中に背負って、両手剣を持った。

乗ってきた俺は、さあ次の獲物はどいつだと、暗闇に向かって駆け出した。

この時は気が付いてなかったが、この戦いでレベルアップをしたことから、かなり魔光受量値が増えていた。

収入

魔弾をぶつけてバランスを崩し、相手が立て直すよりも早く両手剣を振り下ろす。

攻撃を受けることは恐れない。回復アイテムは十分に持っているのだ。

一心不乱に骸骨と戯れ始めて何時間が経過しただろうか。

ダンジョンに入ったのが朝の七時ぐらいだったことは覚えている。

レベルがさらに上がったことで、骸骨の動きにもついていけるようになってきた。

どのステータスが俺の身体能力を上げているのか知らないが、今のステータスはこんな風になっている。

伊藤　剣治
レベル　8
体力　102／178
マナ　34／154
魔力　38
魔装　46
霊力　3528

魔弾（8）魔盾（6）剣術（5）オーラ（5）
アイスダガー
魔光受量値　1942

装備も鉄の鎧と革の手袋、革のブーツになっていた。他にも槍やらメイスやらと出ているが、持ち切れないため一ヶ所にまとめておいてある。

骸骨剣士から出る装備は、どれも使い込まれたかのようにボロボロだが、すぐに壊れて使えなくなるというようなこともない。

ドロップ率は三十分に一つか二つといったところで、なにも出ない事の方が多い。

俺が本当に欲しい片手剣が出るまで粘ろうと思ったが、魔光受量値を見るかぎりもう帰った方がいいだろう。

俺は荷物を一つにまとめて、来た道を引き返した。

リポップしたのか魔物が多少出て、いくらか時間がかかってしまった。家に付いたのは夕方くらいだった。

そしてまた、風呂に入って着替えたら朝まで爆睡した。

目が覚めると、多少気分はましになっていた。起きたはいいものの、今日一日はまともに動けないだろう。

実際、昼にはすさまじい痛みと苦しみで横になっているしかなくなった。

何もしないのももったいないので、その間にネットを使って色々調べることにする。ネットではアイテムの買取が活発になっていた。俺が見つけた石と巻物は、スキルストーンにマジックスクロールと呼ばれていた。

スキルストーンやマジックスクロールについても、それなりの情報が見られる。

やはり回復系のアイテムを求める声が多い。俺としても、クリスタルはもう少し欲しいところである。

それに、どんなものでもいいから服が欲しい。普通の服だとダンジョンに着ていくだけでもかなり劣化が進んでしまう。換えの服がたくさんあるわけでもないから、これはかなり切実な問題だった。

世間ではまだ、ダンジョンについてどうすべきか結論が定まっていないようであった。俺のような経験者たちは、だいたい「攻略すればいい」という結論になっている。今のところ、一番攻略が進んでいるであろう俺でさえ、オークなんか相手にしたら踏み潰されて終わりなのだ。なんせヒョロヒョロの骨でさえ、激しいチャンバラの末にやっとこさ勝てるといった具合だ。

そんな経験をしたのに、半日も横になっていたら、早く転げまわりながら命がけの戦いがしたいという欲求が抑えきれなくなってきた。今にもダンジョンに飛び込んでいってしまいそうだ。

テレビでは、どこも地下にできた大空洞に関する番組をやっている。やっと、テレビでもダンジョンを攻略しようという意見が出始めたところだ。

ダンジョンからは、これまでの科学では解明できないさまざまな物質が見つかっている。人類に有用なものも多く、大学教授の集まりが、ダンジョンを研究したほうが文明は進化すると発表したらしい。

調査隊が発見した結晶は、凄まじいエネルギーを持っており、軍事転用も可能であるとして注目されていると、俺が昨日拾った結晶そっくりのものがテレビに映し出されていた。

そんなこともあって、ダンジョンを開放すべきという意見も出始めている。

夕方頃になると動けるようになってきたので、俺は迷宮アイテムの買取と販売をしてくれる人物をネットで探した。割とすぐに見つかって、数駅隣の街で待ち合わせることになった。

駅の待ち合わせに来たのは、背格好の小さな女の子だった。その女の子は村上と名乗った。

「まままさか……、こ、これ全部、迷宮のモンスターからドロップした品ですか」

「まあね。荷台にあるのは俺に必要のないヤツだから、全部買い取ってくれないかな」

「今は武器関係の需要が多いですから、か、かなりの額になりますよ」

「まあ、そうだろうね」

今の相場だとこれくらいになります、と提示された額は蕎麦屋なんかやってるのが馬鹿らしくなるくらいの額だった。総額二百八十万である。

「やっぱり栃木にある入り口から入ってるんですよね。東京はもう、どこも警備の目を掻いくぐるのが大変になってますよ」

密猟かよとも思うが、アイテムがこれほどの値段になるのならわからなくもない。

栃木県には東京の地下にできたダンジョンに通じているであろう入り口がいくつかある。

俺は答えにくい話題を変えることにした。

「それよりも、スキルストーンとスペルスクロールは持ってきてくれたよね」

「あっ、それはあります。でも、かなりお高いですよ。それとダンジョンの素材で作った服と、ナイフのシースでしたよね。そちらもあります」

服とシースで八十万を提示された。どちらもゴブリンの素材から彼女が作ったもので、数がないという事だった。彼女が持ってきたスキルは刀、斧、剣、盾で、スペルの方はファイアーボールだ。

正直、どれも欲しいという感じはしない。

ファイアーボールは範囲魔法になるのだが、リキャストタイムがアイスダガーより長くて威力が低いから、ネットでの評判はよろしくない。しかし、何かしら使い道はあるかもしれないし、アイスダガーが効かない敵もいるだろう。俺は骸骨から出た剣、槍、弓の石を売り、ファイアーボールを買うことにした。

村上さんは、三つも売っていただけるのですねと恐縮していた。しかし、手持ちの資金がないため、秘蔵していたアイテムボックスのスキルストーンにファイアーボールを付けるから、それで交換してほしいということになった。あまりに凄い名前が出てきたので驚くと、アイテムボックスはスライムがよく落とすありふれた石らしい。

最終的にはアイテムボックス、ファイアーボール、百八十万が俺の受け取りである。

その後で喫茶店に入り情報交換をしたが、どのモンスターが武器を落とすのかしつこく聞かれたので、逃げるようにして別れるハメになった。それだけは何としても教えるわけにはいかない。

村上さんの話では、ゴブリンが落とすのはナイフ、ショートソード、棍棒、弓、それに短い槍くらいらしく、鉄の鎧や両手剣、盾、フルサイズの槍などは初めて見たという。後日、俺が売った盾はとんでもない値段で落札されたと聞かされることになる。

俺は百八十万という見たこともないような大金を手にしてホクホクだった。

帰りには、ダンジョンの攻略に必要そうな物と、携帯食料などを買って帰った。

ダンジョンは素晴らしい体験を与えてくれるだけじゃなく、金にもなる。今日の戦利品は、服とナイフのシース、おまけでくれたベルト、それにアイテムボックスとファイアーボールである。すでに魔法とスキルは習得済みだ。

アイテムボックスは色々と現在の価値観を壊しそうだが、ダンジョンから出たものしか入れられないという制限があった。

聞いた話の中で一つ気になったのは、東京にできたダンジョンでは低層階で回復のクリスタルを滅多に落とさないという事だ。それだと攻略を進めるのに、かなりのリスクが生じるのではないかという気がする。

骸骨卒業

一週間ほどイボガエルとウルフ、骸骨戦士だけを倒していた。

アイテムドロップはずっと変わり映えしていなかった。しかし、ついに昨日、一週間目にして初めて骸骨戦士からレアドロップが出た。

金色に光るスクロールは、ブラッドブレードという魔法のスペルスクロールだった。

武器に付与することで、敵に与えたダメージの一部を自分の体力にするというものである。さっそく試してみたら、当然、骸骨を殴っても回復した。攻撃のエネルギーから、回復の力を生み出しているのだろうか。

それと上質なレザーグローブと上質なレザーブーツ、シミターも手に入れている。なぜ上質という枕詞がつくかというと、アイテムボックスが手に入ってから、アイテムの名前を知ることができるようになったのである。見た目だけでは、上質のものかどうかなんてなんて俺にわかるわけがない。

そして俺が手に入れた結晶だが、これがとてつもなく高価なものだとわかったのである。

最近では数多くの調査隊が組まれ、中に入る人が増え、それに伴って研究も進み、利用価値のあるものがわかってきている。

結晶は、高エネルギー結晶体と呼ばれ、今ダンジョンに入っている人は皆それが目当てである。無許可でダンジョンに入る者も増え、今ではほとんどのアイテムが取引の対象になり、売り買いできる場所も増えた。

買取を主に行っているのは街のリサイクルショップである。目印は、看板の隅に書かれた魔法陣のマークで、魔法陣が書かれたリサイクルショップなら、どんなアイテムでも換金できるし、買うこともできる。

しかし、今現在、積極的に結晶の買取をおこなっているのは政府機関や軍需関係だけだ。

一般人が行っているのは、ひたすら売る方である。

先日会った村上さんも、隣の市でリサイクルショップを始めていた。

俺はいらない装備が出たら、すべて村上さんのところに持って行って売り払っている。俺のダンジョンから出る物は他と違っているし大量なので、その部分で他の店に行くとめんどくさいのだ。

しかし、武器とスキルストーンについては値下がりが続いている。スペルスクロールだけは、威力が大きく、覚えてすぐ使い物になるから、今では数百万という値段で売買されていた。ダンジョンがブームになりすぎて、競うように攻略が進められているのが現状である。中でも飛び道具である魔法が一番人気なのだ。

俺は地面に転がる骸骨戦士を眺めながらため息をついた。

レベルも上がらなくなってきたので、そろそろ先に進む頃合いだろう。むしろ戦いがいのある相手だったからといって、コイツの相手を長くやり過ぎた。

伊藤　剣治

レベル　15
体力　351／351
マナ　214／214
魔力　83
魔装　95
霊力　7311
魔弾（12）魔盾（9）剣術（7）オーラ（9）
アイテムボックス（4）
アイスダガー　ファイアーボール　ブラッドブレード

レベルが上がらなくなってきたくらいから魔光受量値も上がりにくくなり、長居もしやすくなる。だから本格的なアイテムハントがやりやすかった。現に骸骨相手なら、魔光受量値は一時間で二桁に納まる程度だ。長居した理由の一つに、骸骨戦士はレアな回復クリスタルをドロップするというのもある。

どういうわけか、このダンジョンは全体的に回復アイテムの出がいい。考えられる理由は、このダンジョンがアンデッド系のモンスターしか出ないということくらいなのだが、納得できる説明でもない。暗くてわかりにくかったが、カエルもウルフもアンデッドだった。

東京のダンジョンでは、あまり回復クリスタルを落とさないことから、回復アイテムは大変高価であり、売り手を見つけることもできなかった。だから必要な分は自分で出すしかないのだ。とはいえ、ダンジョンのリポップはものすごく遅いし、この辺りにいた骸骨戦士はすべて倒しきってしまったから潮時である。

オレンジクリスタル十六個と、レッドクリスタル三十三個が最終的なドロップだった。それ以外のドロップは、ボロの武器防具と、今では金にもならないスキルストーンだけである。

俺の装備も少しだけ変わった。市販の厚めのタイツを上下で着て、その上に素材で作られた服と、金属の鎧を身に着けている。頭はアイスホッケー用のヘルメットを買った。そして腰の後ろにナイフをベルトで止めて、左手は魔法のために空けておき、右手に抜身のシミターを持つスタイルである。ドロップはアイテムボックスに入れて、ザックを背負うのはやめた。

今日は四メートル近い段差を降りて、新しい区画に向かう予定だった。下に降りられそうな場所は、もう見つけてある。

下にいたのは話に聞いていたのよりは大きい気がするゴブリンのアンデッドだった。五体ほど同時に出てきたが、俺の戦い方は変わらない。出会い頭にファイアーボールをぶっ放して、突っ込む。魔弾をマジックシールドで防ぎつつ、頭にシミターを叩きつける。わき腹にナイフをねじ込まれるが、ブラッドブレードを発動させたシミターでゴブリンの首を飛ばした。

傷口は塞がったが、流した血の分が戻っていない。

そこに敵の放ったファイアーボールが飛んで来た。ゴブリンが魔法を使うという情報は聞いたことがなかったので、上位種だろうか。せっかくのヘルメットが炎に巻かれて、さっそく消し炭になっている。俺は残った部分を頭から外して投げ捨てた。

オーラでなんとか熱を緩和しつつ、アイスダガーを撃ちまくって、魔法を撃ってきたゴブリンを倒した。

体力を２００、マナを１００ほど減らしながら、なんとか勝利した。回復するのに、カエルの肝三個とレッドクリスタル二個が必要な数値だ。満タンにしておかなければ、次、同じような敵に出会ったところでジ・エンドである。

俺は仕方なくアイテムを取り出して失ったステータスを満たした。

もはや魔弾では力不足を感じる。マナを使わずに撃てるから、これを強化することで済ませられるならそれに越したことはない。ところが、マナを使うアイスダガーやファイアーボールですら力不足である。

となると今頼れるのは近接攻撃だけだが、反撃を受けやすいのが問題だ。シミターではダメージが小さすぎるのか、ブラッドブレードの回復では足りないのである。

俺はアイテムボックスから両手剣を取り出した。使うかもしれないから、売らずにとっておいたものである。レベルが上がって強化された体でも、この剣は重く感じられた。上質なヘマタイトの両手剣である。俺が使っている鎧も同じ謎金属が使われていて、上質なヘマタイトの鎧になっていた。こいつらを使って、なんとか回復アイテムの消費を押さえたい所である。

そんなことを考えているうちに、三匹のゴブリンゾンビが襲い掛かってきた。

俺は先頭の一匹に向かって剣を振る。

剣先がかすめたくらいの当たりで、ゴブリンの頭は吹っ飛んでいった。

しかし、それでバランスを崩してしまい、がら空きになったわき腹へとナイフが迫る。ナイフはなんとか鎧で防いだが、抱きつくように突っ込んできたゴブリンが邪魔で剣が振れない。

首筋に噛みついてきたので、なんとか引きはがして、ナイフを腰から引き抜くと頭蓋骨を砕いた。

そしてナイフを投げ捨て、両手で持ち直した剣でもって残りの一匹を一刀両断にした。

手で押さえても、指の間から血が滝のように流れだしてくる。心拍数が上がっているから、出血の量が尋常ではない。回復クリスタルを急いで砕き、とにかく首からの出血だけは止める。

そして、投げ捨てたナイフを探して、シースに戻した。

すると、すでに次のゴブリン御一行が俺めがけて殺到してくるところだった。

オークゾンビ

マジックシールドを使って、ダメージが大きい魔法攻撃だけは何としても防ぐ。あとは魔法で相手を怯ませて、ひたすら斬りかかっていくのみである。ゴブリンゾンビがマナクリスタルを落としてくれるから、マナはもう気にしなくてもいい。

ブルークリスタルが通常ドロップで、レアドロップのパープルクリスタルが上位版である。

切れ味などなくとも両手剣の威力はとてつもない。

ブラッドブレードのいいところは、オーバーキルになっても同じだけ回復するところだ。

オーラのおかげなのかステータスのおかげなのかはわからないが、力も強化されているらしく、でかい両手剣であっても全力で振り抜けるようになってきた。

オーラのおかげで防御力が上がっているのは確かだった。

近寄ってくる奴はぶ厚い両手剣を叩きつけ、遠くにいる奴にはアイスダガーを連打する。

こちらが先に敵の存在に気付くことができれば、事はもっと簡単だった。ゾンビ系の急所が心臓のあたりにある黒い器官であることはわかっているので、近寄ってナイフで一突きにすればいい。腐りかけた皮膚と骨くらいしか阻むものがないから、非常に簡単である。

戦いに夢中になっていて気が付くのが遅れたが、なぜか人工的な建造物が現れ始めた。

何に使うのかもわからない細くて高い塔が立っていたり、遺跡じみたストーンサークルなどがあちこちにある。

塔の中には何もない。

しばらく進むと、石でできた神殿のようなものが見えてきた。

壁が洞窟内を埋めており、乗り越えられるような高さではないように思える。

俺は神殿の壁沿いにすすんだ。

神殿の入り口らしきものがあったので近寄ると、そこにはオークゾンビが立ちはだかっていた。あの、北海道で自衛隊を壊滅させたオークのゾンビである。

軽自動車くらいの図体に、俺の腕くらいはある太い牙が生えていた。

恐怖で足がすくむが、相手は問答無用でこちらに突進してきたので、強制的に戦闘になった。

恐れるな、と自分に言い聞かせる。

怪我を負ったところで直せるのだから、あの牙を恐れる必要はない。

俺はこれでもかと勢いをつけて、正面から両手剣をイノシシ頭の眉間に叩きつけた。牙が目の前に迫って、そこから巨大な魔弾が放たれた。

十メートルは吹き飛ばされて、そこからさらに地面の上を転がされた。

鎧がひしゃげてうまく呼吸ができない。

吹き飛ばされた俺に向かって、オークゾンビは容赦なく追撃を仕掛けてくる。

喉に何かが詰まって、苦しいと吐き出したら血の塊だった。

俺はオレンジクリスタルを二個掴み、地面に叩きつけて砕くと立ち上がった。

もう一度突進に合わせて剣を振り下ろし、接近したタイミングでアイスダガーを相手の目にめが

少ない。

また巨大な魔弾を食らって俺は吹き飛んだ。今度は自分から後ろに飛んでいるので、ダメージは少ない。

だが、この攻撃を受け続けては駄目だ。なんとかしてかわさないと、あの頑丈な頭蓋骨を叩くだけで攻撃が続かない。それに体勢を崩した隙に畳みかけられてしまう恐れもある。

もう一度オレンジクリスタルを砕いて態勢を整えた。

次はもう鎧が持ちそうにない。下手に食らえば、一撃であの世行きだ。

突っ込んできたところで、目を狙ってアイスダガーを放つ。

あきらかに嫌がって突進が弱くなったので、俺は脇にかわしながら剣を振り下ろした。

両手剣が、オークの首のあたりに深々と潜り込んだ。

そのまま後ろに転がるようにして剣を引き抜き、距離を取り直す。

オークゾンビはまだ俺に向かって鼻息を荒くしている。

どんだけタフなんだと呆れながら、俺も剣を構え直した。

ダメージはあるらしく、それほど迫力のない突進を仕掛けてきた。

余裕をもってかわしながら剣を振りかぶる。

さっきと同じ、首の根元あたりを狙って振り下ろした。

骨に弾き返された手ごたえがあったが、離れて見てみればオークのイノシシ頭はかろうじてぶら下がっているといった具合だ。

それでもオークゾンビはこちらに向かって突進してくる。その突進を正面から受け止めて、俺はファイアーボールを放った。

オークゾンビには、既に魔弾を放つ余力もなくなっていた。

身体を激しく燃え上がらせて、そのまま崩れ落ちる。

魔物は弱ってくると、このように魔法に対する耐性もなくなるのだ。

ドロップアイテムは、黒い鎧と金色に輝くスペルスクロールだった。

ドロップを確認したいが、それよりもまずは傷を治さなければならない。折れた骨が内蔵にでも刺さっているのか、おかしな息苦しさを感じる。

俺は鎧を脱いで、レッドクリスタルを体力が戻るまで砕いた。この鎧はもう使い物にならないので、新しく出たものに変えよう。古いのはここに捨てていくしかない。しばらくすれば炭になる。

それにしても初めての複数ドロップである。ボスか何かだったのだろうか。

鎧の方はアダマンタイトのソルジャーアーマーだった。

魔法はアイスランスである。

この時の俺は気が付いていなかったが、オークゾンビを倒したことで、俺の魔光受量値はとんでもないことになっていた。しかし俺はそんなことにも気付かず、神殿の中に入った。

石柱と崩れた石壁のせいで、ひたすら視界が悪い。

出てくるモンスターは、ハイゴブリンのゾンビだけである。

新しく手に入れたアイスランスが恐ろしく強かったので、それだけを使ってゴブリンたちを倒しまくった。

工事現場にあるカラーコーンを二つ、土台のところでくっ付けたような氷の塊が、凄い速度で飛んでいくのだ。骨と皮しかないゴブリンたちがあっさりとバラバラになる。

魔力の消費は45とかなり大きいが、マナクリスタルが豊富に出るので問題ない。

しばらく続けて、レベルはいくつになっただろうとステータスをみたところで驚いた。もう少し続けていたら本当にヤバかったかもしれない。

俺は全力でその場から引き返すことにした。

伊藤　剣治
レベル　17
体力　421／421
マナ　264／264
魔力　101
魔装　129
霊力　10399
魔弾（13）　魔盾（9）　剣術（9）　オーラ（12）
アイテムボックス（5）
アイスダガー　ファイアーボール　ブラッドブレード　アイスランス
魔光受量値　3498

魔光受領値が5000を超えたところで身体が燃えだし、ぎりぎりダンジョンから出られて助かったという話をネットで見たことがある。

　この辺りを過ぎると、現実世界の物質と同じように劣化して、姿形を保っていられなくなるのだ。だから頭を打って気絶でもしたら、死んだも同然なのである。それでヘルメットなど被って来てはみたが、ファイアーボール一発で炭になって消えた。ゴブリンはマナクリスタルとショートソードくらいしか落とさないから、たぶん鎧兜のようなものは落とさないだろう。レアドロップなら可能性がないこともないが、レアドロップだと、ここに居るゴブリンすべてを倒す前に出るとは限らない。村上さんに作ってもらう手もあるが、それだと軽く数百万は請求されそうで怖い。とてもじゃないがそんな金はないので、使い捨てるには高い市販のヘルメットが一番マシという事になる。ただ工事現場のものやバイク用のは、フィット感が無かったり蒸れ過ぎて使えそうになかった。

　一度、道を間違えそうになってひやひやしたが、なんとか出口までたどり着いた。

　外に出ると、まだ明るい時間だった。

査定

風邪薬の効能欄に書かれているようなことが、すべて同時に来たような苦痛を味わった。要は頭痛、発熱、悪寒、吐き気、関節の痛みである。痛み止めを飲もうが何をしようが、この苦痛は癒えなかった。

それでも熱に浮かされながら頭にあったのは、オークやゴブリンと戦った記憶である。

あのとてつもない迫力の突進と、ゴブリンによるスピード感のある戦闘。

考えを巡らせて思ったのは、レベルとウエイトが重要だという事だ。近接戦闘では力負けした段階で、バランスを崩して一方的に攻め立てられてしまう。マナクリスタルが豊富にあるから、魔法で遠くから一方的に攻撃するという手もあるが、リキャストタイムの問題があるから近接戦闘はどうしても必要になる。そして体力回復のクリスタルについても、ただ純粋に戦闘を維持するためと、命の安全を確保するために、もっと必要だ。

二日寝込んで魔光受量値が三桁になったので、無理して村上さんのやっているリサイクルショップにやってきた。

売りたいものは多くはないが、俺は彼女の持つ情報が欲しかった。

ここ数回、安いスキルストーンとヘマタイト武器くらいしか出ていない。

魔法書はハイゴブリンから出たアイスダガーが一枚だけ余っている。

ドロップ率は全体的に低めにあるように思うから、最初に色々と都合よく揃った俺は、かなり運がよかったのだろう。

「こんにちは伊藤さん。売り物ですか」

「ああ、査定してもらえるかな」

村上リサイクルショップは、田舎の畑の中にポツンとあるプレハブ小屋だ。

最近では、第八十二地下空洞地上開口部と正式名称が付いたダンジョンの近くにある。

この界隈では一番大きなリサイクルショップである、というか栃木県にはここくらいしかない。

「伊藤さんは回復クリスタルを売らないんですか？　今は一番お金になりますよ」

「ああ、自分で使っちゃうからね。やっぱり需要があるんだ」

「なにを言ってるんですか。もう病院が廃業になるって話ですよ。なんでも治しちゃうもんだから薬はいらないって」

それは盲点だった。

てっきりダンジョンの攻略に使う以外の使い道はないと思っていた。そんな使い道があるのなら、さぞ高値で売れるのだろう。

「レッドクリスタルとオレンジクリスタルの相場だけ教えてくれないかな」

「レッドクリスタルは十万ですね。でも、どんどん下がってます。売るなら今のうちですよ。オレンジは聞いたことがありませんね。伊藤さんが出したんですか」

「まあね。あと、アイスダガーも売りたい」

「わっ、ありがとうございます。最近だとこれが一番よく売れるんです」

話を聞く限り、東京の方のダンジョン攻略はあまり進んでいないようである。

査定を待つ間、俺は椅子に座って出されたコーヒーを飲んでいた。若い店主の店だけあって、コーヒーを出してくれるなんて気が利いている。

それにしたって、オレンジクリスタルくらいなら出ていてもおかしくなさそうだが、この辺りの連中はまだゴブリンを倒しているのだろうか。

疑問に思った俺は、世間話のついでに情報を引き出すことにした。

適当に話を振ると、村上さんはいくらでも話してくれる。話しを聞く限りは、攻略がまったく進んでいないようだった。

俺は偶然回復アイテムのドロップが多いダンジョンに入っているから運がよかったのだ。

それに今はブラッドブレードまであるし、武器も魔法も早い段階で自分に合ったものを見つけることができた。

最近設立された自衛隊の攻略チームともなると、アイテムを買いそろえて効率的な攻略を目指しているらしいが、それ以外のアイテムハンターたちは、入ったり引き返したりの繰り返しで、ほとんど進んでいないそうである。この店の客でも、レベル9が最も高く、あとは5前後が数人といったところらしい。

「スペルスクロールなんて高いものだろ。それを、そんな入り口あたりで攻略してる人たちが買えるのかな」

「ふふっ、ずいぶん強気な物言いですね。そうですよ。入り口のあたりで攻略している自衛隊の人たちが主に買っていってくれますね。数を集めれば集中砲火で安全に倒せるじゃないですか。だって、いきなり剣で魔物に斬りかかって行く人は、そうそういないですよね」

俺や初期の掲示板にいた人たちは、素手や石ころで立ち向かっていったのだ。

あの人たちは今ごろどうしているのだろうか。さすがに入り口付近でもたもたやってはいないだろう。かつてはお世話になった掲示板も、あまり見なくなってしまっていた。回復手段のなさが理由なのか、とにかく情報の更新が遅いのだ。いつまでたってもゴブリンの次のモンスターの情報が入ってこない。

村上さんの話でも、最近はパーティーを組んでダンジョンに入るのが一般的になっていて、あまり外との情報共有がなされなくなったそうである。

ダンジョンが金になることから、ガラの悪い連中も増えて、有益な情報を周りに与えても自分の首を絞めるだけの結果にしかならないということだ。

俺がふと殺気を感じて振り返ると、村上さんが俺に銃を向けていた。

いや、おもちゃのエアガンである。なんの冗談かと思っていたら、いきなりそれを撃ってきた。商品に当たったら穴が開くぞと思って、俺はその飛んできたＢＢ弾を掴んだ。なぜそんなことが出来たのかわからないが、なぜかできたのだ。

「す、すごいですね。それを掴めるってことは霊力が１５００はありませんか。というか、なぜ撃つのがわかったんですか。後ろ向きから掴んだ人なんて初めて見ましたよ。あっ、これは相手の強さを測るために、最近流行っているテストなんです。急に試してすみませんでした。あまりに自信がありそうな口ぶりだったので、つい気になって……」

「千、二千どころか一万あるよ」

「――――そっ、そんなわけないじゃないですかー。やめてくださいよ、もう。一瞬信じちゃいましたよ。東京の一番強い人でも２０００くらいを行ったり来たりらしいですからね。でも伊藤さんは間違いなく私が知ってる中で一番強いですよ」

「行ったり来たりってどういうことかな。ちょっとステータスについて知っていることを全部教えてくれないか」

「いいですよ。まず魔力はスキルと魔法の威力を表す数値です。魔装はスキルと魔法に対する防御力になります。霊力は全ての身体能力に影響します。頑丈さや、力の強さ、素早さなどですね。肉体を回復するのにも消費しますし、マナを回復するのにもステータスの数値と同じだけ消費します」

「霊力を使った回復？」

「ええ、そうですよ。ゆっくり回復するじゃないですか。それが霊力を使って回復するってことですよ」

「え……、じゃ、じゃあ、回復にクリスタルを使った場合はどうなるのかな。クリスタルなら霊力は減らないよね」

「うーん、そうなりますかね。だから自衛隊の人は、あんなにクリスタルを集めてるのかもしれませんね。あまり出ないし、みんなイザというときのために自分の分を持っておきたがるから、数が流通しないんですよ。あと霊力を消費するスキルを持つ人もいるらしいですよ。それが、とても強力だとか言う話ですね」

ならば回復アイテムが出まくる裏庭のダンジョンは、めちゃくちゃ有利である。そのシステムのせいで、俺だけやたらと攻略が進んでいたのだ。強さを引き換えにして回復していたのでは、攻略が進まないわけである。

俺なんて、今まで一度もアイテム以外で回復したことなんてないくらいだ。

「東京にいる霊力２０００の人は、車にはねられても、なんともなかったそうなんですよ。むしろ車の方が大きくへこんだって言ってました。ふふふっ、笑えますよね」

まったくそんな実感はないが、俺なんてもう車をバラバラにするレベルである。それだけ俺の体がダンジョンの物質に置き換えられているという事だろうか、それともダンジョンの持つ力を、俺がそれだけ吸収したのか。

よくわからないが、霊力の値が最も重要なのは確かだろう。となると霊力を節約できるブラッドブレードのようなスキルは、とてつもなく貴重だ。

もしこれがゲームなら、裏庭ダンジョンのドロップはかなりのバランスブレイカーである。

「回復魔法が出たって話は聞かないよね」

「ヒールの魔法は出たそうですよ。回復がないと剣を持って戦うなんて無理ですよね。でも数は本当に少ないんですよ」

それでダメージを回復するために、パーティーで攻略するのが流行っているのだ。

なるべく霊力を消費せずに攻略すれば、それだけ強くなれるし安全も確保される。

しかし、遠距離だけで戦うとなるとかなり長いこと魔弾のお世話になるしかないのではないだろうか。

そこで査定が終わり、少しだけ財布に余裕が出来た俺は店内を見て回った。

良さそうなのは、マジックアローとシャープネスブレードのスペルくらいしかない。どちらも三百万と書かれている。

マジックアローは両手じゃないと使えないというし、俺の武器は切れ味などない原始的なものだ。むしろ切れ味がないからダメージが与えられるとも考えられる。それに今ある魔法とも競合しそうなので必要性は感じない。

俺は壁に掛けられていた雑な作りの小さなショルダーバッグと、鎧の下に着けられそうな水筒機能がついているリュックサックを買った。リュックサックの方は、迷宮産の素材ではなくナイロン製である。荷物をいじらなくてもホースから水を飲むことができる便利なヤツだ。

それとアイスホッケー用のヘルメットを1ダースほど買った。高いものだが、ファイアーボール一発で駄目になってしまうから、替えがたくさん必要になる。

あとは休憩中に温かいものを飲みたかったので、キャンプ用のバーナーやクッカーなどを軽さ重視で揃えた。

「オーク狩りの誘いがあれば、参加しますか？」

去り際にそんなことを聞かれた。

「絶対に嫌だよ。俺でさえ一体倒すのがやっとだったんだ。それも足場の悪いところでなら、まず勝てないだろうね。知り合いが参加しそうなら絶対に止めた方がいいよ」

ゾンビが生身と同じ強さかはわからないが、俺はそれだけ言って店を出た。

たぶん村上さんは、俺がオークを倒したなんて話は信じなかっただろう。

庭園

家に帰ったら、玄関先に蘭華が来ていた。

家の前に佇《たたず》む彼女を見て、マシュマロを思わせる柔らかな美しさがあるなと思った。つややかな髪はそのアクセントだ。

「二度も行ったのに開いてなかったわよ。蕎麦屋はもうやめたのかしら」

「どうだろうな。辞めるかもしれない」

「それがいいわ。才能ないものね。かわりにヘルメット屋でも始めるのね」

「勝手に見るなよ」

ものすごく久しぶりに話すような気がする。久しぶり過ぎて距離感がうまくつかめない。

「寄ってくか」

「そうね」

弱ったことに、家には客に食べさせるようなものが一つもない。仕方なくインスタントコーヒーと、ダンジョンに持っていこうと思っていたチョコレート味のプロテインバーを蘭華に出した。

「ダンジョンに行ってるんでしょ」

「どうしてわかるんだよ」

「リサイクルショップの段ボール箱に、新品のヘルメットが山ほど入ってたじゃない。リサイクルショップって、最近ではそういうものをあつかうお店になったんでしょ」

「まあな」

カンが鋭くて上から目線で、蘭華は昔から何も変わっていない。そんな態度を見ていたら、俺が苦手意識を持った理由を思い出してきた。

「そんなことよりも、東京では皆がかわいいかわいいって、私の気を惹こうと一生懸命に話しかけてくるのよ。その私を見て、剣治にはなにも思うところがないわけ」

「まあ、うまいこと化けたよな。綺麗になったと思うよ」

「なッ……」

綺麗と聞いたところで蘭華の顔は真っ赤になった。純なところもあるように見えるが、昔からの中身を知っていると可愛いなどとは思えない。それに器用だから化粧がうますぎて、美人になりすぎている部分もあるのだ。

「それでなんの用だよ」

「私もダンジョンに行こうかと思っているのよ。そしたらお母さんが剣治を頼ればいいわって言うから来てみたの。手伝ってくれないかしら。私と一緒ならきっと蕎麦屋よりは成功するわよ」

俺の実力も知らないから、そんな上から目線の言葉が出てくるのだろう。昔からこうやって俺に対して親分風を吹かせてくる奴なのだ。

「まあいいけどさ。ダンジョンに行くなら、とにかく最初に行くときは必ず俺を連れていけよ。絶対に一人で行くんじゃないぞ。でも、学校の方はどうするんだ」

「なんの学校に行ってたかも知らないのね。ホントに呆れるわ」

こいつはたしか看護学校に行っていたはずだ。それならば仕事がなくなることに備えて、ダンジョンがと言い出すのもわからなくはない。数日中に政府は許可制にして、ダンジョン探索の合法化に向け動いているという話だった。

その後は一緒にテレビを見始めたのだが、蘭華はいつになっても帰ろうとする気配がない。

魔光受量値はゼロになっていて、今すぐにでもダンジョンに行きたいのにである。

まさか今やってる、つまらない二時間特番を最後まで見ていく気なのだろうか。

テレビのダンジョン特番では、宝箱から空飛ぶ絨毯を見つけたという男が出ていた。なんでもスライムを倒したら宝箱が出て、そこから空飛ぶ絨毯が出てきたという。

価格なんて付けようがないほどのお宝であり、すでに海外から数百億単位のオファーが来ているらしいが、本人は受ける気がないと語っていた。しばらくは自分で使うそうだ。

本当か嘘かは知らないが、このこともダンジョン開放への圧力となるに違いない。

本当に絨毯が空飛ぶ様子を見て、蘭華も顔を輝かせている。

しかしダンジョンというのは、そう綺麗な部分ばかりでもない。命を危険にさらせなければ、探索を前に進めることもできない場所なのだ。

すでに何人がダンジョン内で死んでいるのかわかったものではなかった。たぶん世界で5万人は超えているだろうから、もはや戦争レベルである。だから政府も許可制にして、死者やアイテムの管理をしたいのだろう。

俺はもうダンジョンに行きたくて手が震えてきた。

しびれを切らして蘭華に泊っていくのかと聞いたら、顔を真っ赤にして逃げるように帰って行った。そんな気ないのに、何を勘違いしてやがるんだと思って腹が立つ。

すぐさまハイドレーションバッグに水を入れて、インスタントラーメン、チョコバー、カロリーメイト、潰したサンドイッチや菓子パンをザックに詰める。

厚手のタイツを上下で着こんで、服を着てザックを背負ったら装備品を身に着ける。

今日買ってきたバーナーやクッカーを、タオルでくるんでからショルダーバッグに入れる。

こっちは戦いが始まったら放り投げることも考えてある。

最後に回復クリスタルを鎧の首元に取り付けて、両手が使えなくても取り出せるようにしたら準備完了である。

ヘルメットの予備を持って行こうかとも考えたが、結局やめておくことにした。頭を打って気絶でもすれば死ぬことは免れないが、バッグには入りきらない。

ファイアーボールでも食らえば、バッグに入ってないものは燃えてしまうから仕方ない。

オオカミあたりが毛皮でも落とせば、マントを作れていいのにと思うが、アイツはクリスタルと石、それにナイフくらいしか出さない。

準備が済んだら、ダンジョンの中に飛び込んだ。

いつものように明かりはつけずに、適当にリポップしたカエルとオオカミを潰しながら進む。

整地された場所に出たが、さすがに倒しすぎたのか骸骨戦士の姿はどこにも見当たらなかった。そのかわり段差を降りたところで、ハイゴブリンのゾンビたちがうようよと出てくる。

どこから集まってきたのか知らないが、本当に数が多い。

俺は片っ端から粉々にして進んだ。

三時間くらいで、やっと神殿の遺跡らしき建物が見えてくる。

ここからが前回の続きということになる。

中に入って探索を続けるが、人工的なダンジョンになったような印象である。内部はかなり広いのだが、柱のせいで剣が使いにくいから魔法で倒して進む。

遺跡を抜けると、森が広がっているように見えた。

立っている樹を良く見ればかなり硬質な石でできていた。

そしてその木の間からのっそりと出てきたのは、ヘラジカのようなモンスターだった。見上げるような大きさで、現れた瞬間に腰が抜けるかと思った。

何も考えずにアイスランスを放つと、ヘラジカは広がった巨大な角でそれを受け止める。

この大きさでアイスランスのスピードに反応されてしまうのは、かなりの脅威であるが、受け止めきれずに巨体が泳ぐ。助走をつけて突っ込んできたらダメージがやばそうなので、こちらから距離を詰めた。

もう一発アイスランスを放って、相手の巨体がふらついた隙に両手剣を振り下ろす。

片一方の角が折れて宙を舞った。

巨体のくせにやたらと動きが軽くて狙いが逸れてしまった。それでも肩口を切り裂いている。

俺は近距離から、剥き出しになった心臓を狙ってナイフを突き入れた。

ひと突きでヘラジカは動かなくなる。

ドロップはオレンジクリスタルだった。

やはり、こいつも腐った体をしているからゾンビだろう。そしてゾンビはやはり回復アイテムをドロップするようである。

ブルークリスタルを使っていたら、盾と剣を持った犬顔のモンスターが三匹押し寄せてきた。

両手剣を横なぎに払うと、先頭にいた犬男はとんでもない跳躍力で上に飛ぶ。

そっちを目で追ったら、右太ももにレイピアを突き立てられていた。その痛みに気を取られてしまい、今度は左肩をレイピアで貫かれる。苦し紛れに剣を振ったら、やはり大跳躍で空中に逃げられた。

強引に突っ込んで着地のタイミングを狙うが、盾で防がれて相手を吹き飛ばしただけに終わった。

盾がむちゃくちゃ厄介である。マジックシールドなら砕けるが、実体がある盾だとそうはいかない。

これは負けもあるな、という考えが頭をかすめた。

マナをどんなに使ってもいいから、とにかく数を減らしたい。

放っておくと距離を詰めてくるので、詰めてきたところにアイスランスを撃ち込む。盾で防がれるが、大穴が開いてガタガタになった盾を蹴り壊す。そして横なぎではなく、縦に両手剣を振り下ろした。

犬の左肩が、持っていたレイピアごと飛んで行った。これで一匹は戦力外である。クリスタルで回復してから、さらにアイスランスを打ち込んで畳みかけて、なんとか倒した。

他の2匹は魔弾で牽制してある。ちょっとでも攻撃の素振りを見せれば、相手は上に飛ぶか盾を構えるかしてくれる。

アンデッドゆえか、それほど賢くはない。

残りの二匹もアイスランスで盾を壊して、剣で叩き切った。

毒でも塗ってあるのか、レイピアで刺されると、見た目の傷以上に体力を持っていかれる。

ブラッドブレードの回復では足りず、回復クリスタルを使って体力を戻した。

そんなことをしていたら、今度は犬が四匹でやってくる。

この四匹に思った以上に手こずり、レッドクリスタルが尽きてしまった。

最近はカエルをあまり倒してないし、ヒットポイントの量的にもレッドクリスタルでは回復量が足りない。そして敵の動きが早すぎて、両手剣では追いきれずにブラッドブレードの回復も発動させられなかった。

オレンジクリスタルは残り九個である。

マナクリスタルは豊富にあるから、魔法メインで戦って回復クリスタルは温存しよう。

ダンジョン管理法

石の上で寝ていた俺は、バランスを崩しそうになって目を覚ました。

この石でできた森に出てくる、犬——たぶんコボルトのゾンビは非常に厄介である。

いつものように怒りに任せて斬りかかって行けば、負ける可能性が高すぎて、さすがの俺も慎重に動かざるを得なかった。

しかし探索に夢中になった俺は奥に進みすぎて帰れなくなり、大きな石の上で寝ることになってしまったのである。

コボルトの群れに見つかる危険性があるため、無造作に歩き回るわけにもいかない。

俺は目覚ましにインスタントコーヒーを淹れて、ラーメンを二袋茹でて食べた。

こんな味のしないコーヒーは初めてである。これなら缶入りのエナジー飲料でカフェインを摂取したほうが良さそうだ。それに食べ物も、食べる時に音がするラーメンを選んだのは良くなかった。

食べ終えたら下に降りて、あたりの気配に神経を向ける。

しばらく移動すると足音がしたので、そちらに向かい、三匹のコボルトを見つけた。

うまい具合に二体が重なり、こちらから気をそらしたタイミングを狙ってアイスランスを放つ。俺の魔法が完璧に敵をとらえて、二体がばらばらになった。

骨と皮と腐った肉を無理やり組み立てたような体だから、盾さえ使わせなければこうなる。

残った一匹が向かってくるが、魔弾で上に飛ばしてから、着地のタイミングに両手剣を全力で突き入れた。剣は盾を貫通してコボルトの急所を貫いていた。

俺はうまく倒せたことに安堵して、流した冷や汗をぬぐった。

ドロップアイテムはパープルクリスタルとオレンジクリスタルだ。

ちゃんとこちらから仕掛けるような形にできれば、一瞬で片付けることも難しくはない。

しかし相手に先に気付かれると、勝てるかもわからない本当に危険な接戦を強いられる。

村上さんの話では、倒した敵の近くに居るのが八人までなら、霊力の取得が公平に分配されるようになっているらしい。もしこれがゲームなら、明らかに上限でパーティーを組む前提の難易度である。ヘラジカだって脇に回らず正面から倒すのは、まともな戦い方じゃないだろう。

前方からはガードが堅く、狙いもつけにくい。

続いて現れたヘラジカの正面であたふたしていたら、強力な魔弾を連打されて、あっという間に盾をバラバラに壊されてしまった。盾は丸い木製の板に、薄っぺらな革を打ち付けただけの簡素なものだ。

死に物狂いで斬りかかって、なんとか目の前のヘラジカを倒す。

もう少し強い装備か魔法、スキルが欲しいところである。

あのオークゾンビのリポップを待つか、パーティーメンバーをそろえるかすれば、もう少しは楽になるだろうが、どうしたものだろうか。

あの金色のスペルスクロールに匹敵する何かが、もう一つあれば現状は変わる。

この場所を他人に教える気はないのでパーティーの案は取れないのが辛いところである。

となればオークだが、ボスだからリポップしない可能性もある。

いや、どれも消極的過ぎるなと考えなおした。どうせゲームみたいなもんなんだから、レベルを上げればいいのだ。ここに居るモンスターを全部倒す頃には、そんな悩みはきれいさっぱりなくなっていることだろう。

まっすぐ帰ろうと思っていたが、それはやめてコボルトとヘラジカ狩りを続けることにした。

背を低くし、なるべく音をたてないように移動する。

気づかれたとしても、相手が動き出す前に攻撃を仕掛けるつもりで当たる。今やるべきことはそれだけだ。

「伊藤さんが持ってくる武器は重すぎて評判が悪いんですよ」

「私なんか、この両手剣を持ち上げることもできませんからね」

村上さんがそう評した両手剣に、遠心力を上乗せして振り回しているというのに、少しでも角度が浅ければヘラジカの角はそれを弾き返してくる。

疲れが出てくるのが早い。

寝起きだというのに昨日の疲れが残っているのか、いまいち踏ん張れない。俺は腹に力を入れなおして、もう一度剣を振り下ろす。その一撃は敵の角を叩き折り、浅いながらもなんとか相手の体を切り裂いた。

相手はバランスを崩したので、あとは畳みかけるだけだ。

これだけ苦労して倒してもドロップアイテムはなかった。

どっと疲れが出て、俺は石に寄りかかって少し休憩することにした。

魔光受量値にはまだ余裕があるが、どのくらい時間がたっているのかわからない。五千円もした頑丈さが売りの時計も、戦っている内に壊れてしまったのか動かなくなっていた。回復クリスタルとマナクリスタルも、売ればいくらになるかもわからないほど使っている。それでもダンジョンで戦うことはやめられそうにない。

レベルのおかげなのか、少しの休憩でも体の疲れは抜けた。

それから気を失う寸前まで石の森を歩き続けたが、ついに端まではたどり着かなかった。ヘラジカを十八体、コボルトは三十体以上倒しただろうか。仕方がないので、とぼとぼと来た道を引き返しはじめる。

また、ぎりぎりまで粘ってしまったと後悔が訪れた。

長居すればするほど、帰った後で肉体に出る痛みは大きいのだ。

伊藤　剣治
レベル　20
体力　692／692
マナ　414／414
魔力　131
魔装　167
霊力　13399
魔弾（13）　魔盾（9）　剣術（14）　オーラ（16）

アイテムボックス（5）
アイスダガー　ファイアーボール　ブラッドブレード　アイスランス
魔光受量値　3916

高値で売れるようなドロップもなかったし、ひたすらアイテムを失っただけの探索だった。

ドロップアイテムは、ほとんどがパープルクリスタルとオレンジクリスタルである。

それでもクリスタルを売る気にはならない。ここで霊力を使って回復などしたら、先に進めなくなる。今は投資だと思って、このギリギリの戦いをできるだけ続けるべきだろう。

現時点で、オレンジ二十一、ブルー五十一、パープル十二が手持ちである。

家に帰ると、ちょうど日も陰ってくるかというところだった。それから二日ほど寝込んでいる間に、政府もやっと探索協会という組織を立ち上げた。これで許可を受ければダンジョンへの入坑が合法になるそうだ。同時に武器の携帯も許可されるようである。

研究者と調査隊、自衛隊は公式にダンジョンに入っているが、それが一般人まで拡大される。

すでに一般人と自衛隊が衝突したり、空洞内での殺人事件なども起きていると言われているが、それらの問題はどうなるのだろうか。政府としては、なんとかしてそれらを管理できるようにしたいのだろう。これ以上放っておけば、許可制にして管理することも難しくなるという判断もあったはずだ。

現在ダンジョンに入っている者には、アウトローも多い。海外では銃を持ってダンジョンの入り口に立っていた軍人が殺されたりしている。

俺のダンジョンは今まで通りモグリでやって行けるだろうが、いつかは他のダンジョンに行くことも考えて登録くらいはしておいた方がいいだろうか。

それに北海道のオークを討伐するというなら、積極的に参加したいとも思っている。

もし、万が一どでかい鉱床のような地下資源を俺が見つけないとも限らない。すでに調査隊が壁一面の鉱床を発見して大騒ぎになっているのだ。それら地下資源に関しては、特殊地下空洞管理法によって発見者の所有権が認められる。ダンジョン内は地上の一部ではなく異世界と見なす法律である。そのためにも、やはり協会に入っておかないと、後々不利益をこうむる可能性があった。

今週中には法律が施行されるようなので、これからダンジョン探索は一獲千金を求める者たちであふれることだろう。たぶん争いや揉め事も多くなる。

リポップが遅いことから縄張り争いだって起こらないわけがないから、より人が少ないところに行けるよう、今のうちに霊力を貯めておくべきだ。

最近ではクランとかギルドとかの民治組織もできたそうで、そっちにも所属しておかないと割を食う可能性がある。

この通称「ダンジョン管理法」が認めているように、ダンジョンの中は異世界という扱いであり、国内法は適用されないのが世界的な認識である。つまりダンジョン内は、法の支配が存在しない無法地帯なのである。そこにやっと一つの法律が適用されたというところであり、これは国際社会から、そういった圧力があるという事でもある。

どういった思惑が裏にあるのか正直わからないが、俺にとってはどうでもいいことだ。

もう一つのニュースとして、ダンジョン内で取れる鉱石から、武器の生産が可能になったという話があった。

高エネルギー結晶体ではなく、魔鋼とよばれる鉱物である。

名古屋と京都の間にできたダンジョン入り口から産出され、それを名護屋国立大学が研究してダンジョン内で有効な武器を作り出したそうである。ダンジョン内の鉱物は火薬との相性が良くないため、銃の開発が成功する見込みはないそうだ。

すでにステータス強化や、その他の性能付き武器がダンジョンからは見つかっているので、モンスターにダメージが与えられるだけでは大したことがない。それでも、これからダンジョンに入る者にとっては朗報である。

庭園の終わり

俺が庭園と呼んでいる場所へ、２度目の狩りに向かった。

ぽつぽつと現れるカエルとウルフを倒しながら目的の場所を目指す。

そして、通算で３００体は倒しているであろうハイゴブリンから、初めてレアドロップが落ちた。

黄金色に輝くスキルストーンである。

能力は猫目だ。たぶん暗闇でも物が見えるようになるとかそんな能力だろう。

覚えようか、売ろうか、さんざん悩んだ末に覚えることにした。

発見されずに倒すというスタイルから考えれば、夜目が効くというのは悪くない。

どういうわけか、売れば高額になるものを使うというのは罪悪感のようなものを感じる。

猫目を使った感じ、さすがに初期状態では効果が薄いようだ。色が薄くなるから、逆に見えない部分も出てくる。

それでも数字が上がれば、絶対に肉眼よりは良くなるだろうという確信があった。

だから数字を上げるためにも、常に使い続けることにした。

この前は重くてしょうがなかった両手剣が、今日は軽くなったように感じる。適正霊力になったという事だろうか。すでにボロボロすぎて、のこぎりみたいになっている両手剣を眺めながらそう考えた。

予備に変えるべきだろうかと不安になってきたので、俺はボロボロの剣を岩に叩きつけてみる。すると簡単に真ん中から折れ曲がって、使い物にならなくなってしまった。ファイアーボールで燃やしてみると、金属の塊のはずである剣が、なんの抵抗感もなく燃えてなくなった。

ダンジョンから生まれた物でも、持っている魔力を失うと地上の物質と同じ運命をたどるようだ。

どんどん奥に進んでいくと石でできた木が見え始めた。

少しはレベルも上がったことだし、最初はコボルトと正面から戦ってみることにする。オレンジクリスタルの残りが十個を切ったら、またアサシンスタイルにすればいい。そう思って、隠れたりせずに堂々と石の森を歩いた。

まず現れたのはヘラジカだった。こいつは連射の利く魔弾と、角の防御性能で攻めてくる敵だ。使い捨てにしようと、アイテムボックスから盾を取り出そうとしたら持っていなかった。

魔弾を胸に受けるが、鎧のおかげでダメージはない。

オーラの熟練度が上がって、もはや魔弾くらいでは脅威でもなくなっている。

剣で顔だけ守りながら突っ込んで、角ごと頭を叩き割った。

こっちは多少のダメージを覚悟すれば問題なく倒せる。問題はコボルトである。前回は素早すぎて、両手剣では追いきれなかった。

ちょうど五匹の群れが現れる。

すでにこちらに気付いているので、まずは魔弾を放つ。飛び上がった相手の着地に合わせて、アイスランスを放ち盾を使わせてから剣で倒した。そこに四本の切っ先が俺に向かってくる。

首、肩、足、背中に痛みが走るが、アドレナリンが出ているので大したことはない。

腰のナイフを引き抜いて、正面のコボルトに掴みかかり心臓を突き刺した。倒したのは首にレイピアを突き立ててきたコボルトだ。これで二匹倒して、残りはあと三匹だ。

首に刺さったレイピアを引き抜いて脇に投げ捨てる。

魔装が上がったせいだろう、刺さった後の持続ダメージは前よりもマシになっている。

ナイフを鞘に戻し、俺は両手剣を構えた。

剣を振るうとコボルト三匹は綺麗に揃って、三メートル近く上に飛び跳ねた。

空中に向かってアイスランスをち、一匹を倒す。そして、相手の跳躍の下を抜けて、着地を後ろから狙って一太刀で二匹を斬り倒した。

ブラッドブレードを発動していたから、なんとかレイピアで開けられた体の穴は塞がっている。魔装があがり、ダメージが減ったことで、ブラッドブレードの回復でかなり体力を戻せた。

回復クリスタルは使わずに、次の敵を探すことにする。ここでヘラジカが出てくれれば体力を完全に回復できるのだが、そう上手くはいかない。次はコボルト三匹だった。

もはやコボルトの持っているレイピアが、それほど脅威には感じられない。両手剣で隙を作らせて、盾を使わせないようにしてから魔法とナイフで倒す。パターンが確立できてきて、なんとか安定してコボルトを倒せるようになった。

焦っては駄目だし、一匹ずつでも確実に狙っていくのが重要だ。

また少し強くなった実感が得られて、充実感が感じられる。気を良くした俺は、さらに倒そうと敵を探して石の森の中を駆け回った。

地面はやたらと整地されていて少し柔らかく、本当に庭園か何かのようだ。

しばらく進むと石造りの池があり、水が湧いているのを見つけた。湧いた水がどこに消えているのか知らないが、川になって流れているという事はない。とてもじゃないが、この水が飲めるかどうか確かめてみる気にはならなかった。

敵を倒しながらさらに奥まで進むと、やっと石の森を抜けて、今度は真っ白な石畳へと変わる。

いったいこのダンジョンという奴は何なのだろうか。異世界からやってきたのか、遠い宇宙の果ての文明に繋がったのか。石畳は切れ目もないほど精巧な作りをしている。

進むにつれ、とてつもない精度の石塔がぽつぽつと点在し、水路のような溝が走り始めた。

そこを、つぎはぎだらけの薄汚いコボルトが走り回っているのはいかにも不釣り合いだ。

もはや洞窟というより、別世界に来てしまったような感じしかしない。

しかし、視界が開けてしまったせいで、コボルトたちの猛攻が止まらなくなった。

俺は数体を引き連れて、石の森の中に誘い込んで倒すという工程を繰り返した。

そんなことを繰り返しているうちに、魔光受量値が２５００を超えてしまう。今回はコボルトを倒しまくったから、早々とこうなってしまうのは仕方がない。

石畳の先が気になるが、俺にはのめり込んでしまう癖があるから早めに帰ろう。

こんなに魔光を受けた状態で暴走してボスでも倒してしまったら、本当に消し炭になりかねない。

今回のドロップはレイピア三本と、山ほどの腐った盾、あとはクリスタルである。

ダンジョンから出ると、外は深夜だった。

風呂に入ってその日は寝た。

※

次の日は、探索協会の登録開始というニュースからはじまった。

一時間ほどの講習を受ければ、誰にでも免許が交付されるという。しかし、レベルが1より上昇したものは、東京で特別講習を受ける必要があるとのことだった。許可なくダンジョンに入っていたことを責められるのだろうか。もし逮捕とかいう話になるのなら、このままモグリで続けることも考えるが、特にペナルティを科すためではないと、ニュースキャスターは言っている。

久しぶりにチェックした掲示板でも、講習会の話題については皆、好意的だった。掲示板で情報交換した人達に会えるかもしれないし、行ってみようかという気になる。

ギルドやクランにあたるという、チームというものについても情報を得たい。

講習は今日からだというが、今日は最も体が辛い一日である。だが、ダンジョンに入れない日でもあるのだから、面倒事をすませてしまうにはちょうどいい。

魔光受量値が4000や5000というような値でもなければ、ステータスの上昇によるものか、痛みが多少は緩和されているから、たぶん大丈夫だ。

俺が登録に行くと決めて準備していたら、蘭華が電話してきて一緒に登録に行かないかといってきたので、俺は一人で行けと伝えて電話を切った。

準備が済んだら快速電車に乗って東京に向かう。

東京の販売会にも寄るつもりで、全財産を持ってきている。

なんでも今日の登録会場に近い公園では、チーム員募集の受付の他にもアイテムの販売会などがあるという話だ。コボルトがドロップしたギザギザのレイピアもそこで売ればいい。このレイピアは、まだ三本しか出ていないレアものだ。間違いなく、俺は攻略最先端組の一人だろうから、かなりの希少品である。それでも、最近の武器相場から言えば大した金にならないのが悲しい。

俺としては攻撃力の高そうな剣が欲しいところだ。理想を言えば、一方的に攻撃できるような魔法の武器でもあれば最高だが、そんなものが市場に出ることはないだろう。

講習会

講習会場は、探索協会新宿会館という建物だった。

近くにダンジョンが現れたため、閉校になった小学校の一部である。今では体育館などが改装されて、自衛隊の宿舎兼倉庫としても使われている。

隣の運動場には物々しい戦闘車両や攻撃ヘリなどが停まっていた。

受講者のものだと思われる車も高そうなものが多く、いわゆる密猟者と世間で呼ばれている人たちだから羽振りがいいのだろう。

とはいえダンジョンに関する法律は、今になって、やっと一つ成立したくらいで、立ち入り禁止になっていたと言っても、何らかの法律に基づいたものではない。

なにせ政府は、ダンジョンの入り口の数を把握するのにも手間取っていたくらいだ。

講習会の会場は二階だというので、俺はスリッパに履き替えてリノリウムの階段を上がった。一般講習会がある会議室を通り過ぎて、最奥の講義室を目指す。レベル既得者向け会場である講義室に入ると、すでにまばらな人がいた。

入り口でガタイのいい金髪の男に背中を叩かれる。挨拶というよりは、かなり剣呑な雰囲気である。

「どうしたよ、入らないのか」

何のつもりかと眺める俺に向かって、その男は言った。後ろでは、派手な女と少し背の低い男がニヤニヤと笑っている。三人とも体育会系の体つきをし、かなり稼いでいそうな風体である。チームを組んでいるのかもしれないが、あまり雰囲気がよくないので関わりたいとも思わない。

俺は何も言わずに通り過ぎた。

そしたら後ろから来た奴が背中を叩かれてバランスを崩し、俺にぶつかった。

「すっ、すみません。いつつ。いったい何なんですかね。あれは」

俺の背中にぶつかってきたのは、おかっぱ頭の男である。

俺がさあなといって席に座ると、その男は俺の隣に座った。

「腕試しのつもりなんですかね。まるで、ギルドで新人に突っ掛ってくるチンピラですよ。ほら、冒険者登録をしようとギルドに行ったら、難癖付けられるアレです」

言っていることがよくわからなかったので、俺は適当に相づちを打っておいた。

しかし、この男は、なんとなく詳しそうな雰囲気である。

そしたら、前に座っていた男がこちらを振り返って言った。

「私もね、転びかけましたよ。ああいう荒い手合いには困ったものです」

前の席に座っていたのは初老に片足を突っ込んだような男だった。古ぼけたスーツに眼鏡で、どうもダンジョンに入っているようには見えない。

「有坂です」と、その初老の男は名乗った。

伊藤です相原ですと俺たちも名乗る。

「二人ともモグリでダンジョンに入っていたのかい。そんな悪いことするようには見えないけどね。

人は見かけによらないものだ」

「何もしなければ、あのまま人類はモンスターに殺されるだけだと思っていましたからね」

俺は当時の気持ちを振り返って言った。

「僕はダンジョンが出来た時、これだって思いましたね。だって未知の力が手に入るわけでしょ。放っておくわけにはいかないですよ。実際、後ろの方でイキがってる奴らも、僕なら秒で殺す自信があります。実力的にたいしたことがあるようには見えません」

俺の隣に座った相原という奴はヤバいやつだった。

「そうかもしれないね」

そして有坂さんまでも、そのヤバいやつに同意している。

「大したことがないなんてわかるのか？」

「わかりますよ。だって、今の段階では僕が所属するパーティーよりも奥に行けているとは思えません。僕らより進んでいるのは、新宿に二組と、日暮里のソロランカーだけのはずですからね。つまり根拠もなく、自分たちを強いと思い込んでいるだけです」

ゴホッゴホッと、有坂さんが咳込んだ。

「ランカー？」

「ええ、僕らのフルレットでは上位者を勝手にそう呼んでいるんです。ちなみにフルレットというのは、僕らが贔屓にしているメイド喫茶の名前でして、10人以上の勇士が集う僕らのクランの名前でもありますけどね。最近ではメイドさんも入ったので、賑やかになりました」

周りに人がいる講義室で、相原はそんなことをまくしたてる。

ここまでくるとさすがの有坂さんも引き気味である。

とりあえず、どこに入るにしてもフルレットというところだけはやめておこう。

考えてみたら、ダンジョンという命がけの場所で信用できる奴を探すなんて、とてつもなく大変なことのように思えた。

「ちなみに、お二人のレベルはいくつですか」

「14だよ」

「うげ、有坂さん、僕より5も高いなんてありえませんよ。ランカークラスだってことじゃないですか。真面目に話してください」

「いたって真面目だとも。見た目で判断するもんじゃないよ。私の見た感じだと、今日は有名どころが大体揃ってるね。それで伊藤君はいくつなのかな」

「21ですよ」

二人は乾いた笑い声を漏らした。話の流れからして、やはり信じてはもらえないだろう。

「あのねえ年齢聞いてるわけじゃ――」

その時、後ろの席の方が賑やかになって、相原の声がかき消される。

入り口にいた奴らが揉め始めたのだ。

講義室はほぼ満室となっていて、協会の人と自衛隊の人も入って来ていた。

「伊藤さん、もしそれが本当なら、後ろの奴らを静かにさせてくださいよ。少し殴ればミンチにできるでしょ。それが出来ない限り、僕は伊藤さんの話を信じませんからね」

「まあまあ、相原君は興奮しすぎだ」

「有坂さんだって、本当にレベル14ならあいつら黙らせるくらいわけないはずですよ」

「でも重要なのはレベルよりも霊力の方だからねえ」

「でた。その言い訳。それはもう聞き飽きましたよ。霊力がなかったら、そもそもレベル14なんてなれっこないんだ。どうやって敵を倒して経験値を稼ぐんですか。大体14なんて日本に一人いるかどうかでしょ」

「そんなもんなのか？」

俺の疑問に二人は頷いた。

「一人かどうかはわからないけど、トップの人もそれほど高くはないだろうね。なにせダンジョンは長居しすぎれば炭になる。ダンジョンが出来てから、攻略に与えられた時間的な猶予から言って、そんなものさ。一回で霊力を５００も稼げたら大したものだよ」

有坂さんの言葉に俺は疑問を挟む。

「クリスタルを使った回復があればもっと効率がいいはずですよね」

確か自衛隊は、そうやってレベルを上げているという話だったはずだ。

俺の疑問に答えたのは横合いから割り込んできた相原だった
「霊力を消費せずに回復するって話ですか。確かに、その案は悪くないですけど、ダメージを食らうような戦い方は危険が大きすぎますよ。第一、どこにそんな大量の回復クリスタルがあるって言うんですか。現在までに市場に流れた数は、多く見積もって２００か３００だって話ですよ。僕はそういうことも知ってて言ってるんです。二人ともつまらない法螺話はやめてください。あまり僕を馬鹿にすると、フルレットのメンバーも黙ってませんよ。今日は様子見で僕しか来てませんけどね」

「止めなきゃまずい。伊藤君手伝ってくれ」

有坂さんに言われて俺も席を立った。相原を押しのけて通路に出る。

後ろの通路では、金髪の男と女の子が揉めていた。

「ふざけたことしてんじゃねーぞ。気安く人の体に触りやがって」

「はあ？　だったらどうするってんだよ」

女の方が逆上して、近くにあった備え付けのテーブルを叩き壊した。普通の人間がどんなに鍛えたって、こんなものは叩き割れない。

「それがどうしたってんだ」

「黙れっ！」

激昂する女の子に、さらに金髪が逆なでするようなことを言うと、女の子はアイスダガーを放つ。

大したスピードでもないのに、金髪の男は避けられずに肩を切り裂かれた。

金髪をかすめたアイスダガーは壁に当たって砕け散り、周りから悲鳴が上がる。

逆上した金髪の男は、アイテムボックスから剣を取り出した。

「ダンジョン外での武器、魔法の使用は禁止です！」

とうとう自衛隊の人までやって来て仲裁に入る。

しかし、逆上してるので火に油でしかない。

「だったらなんだよ。逮捕できるもんならやってみろや！」

「上等だよ！　アタシがやってやらあ！」

金髪の男に続いて、女の子の方も槍を抜き放った。

「くそ女が、誰を敵に回すかわかってんのかよ。ダンジョンに入れなくなっても知らねーぞ」

「おまえこそ、アタシらを誰だと思ってんだよ。アタシは赤ツメトロの京野だぞ」

「そんなもん小娘の集まりじゃねーか。何が出来んだ。ロビンフットにでも泣きつくのか」

「なんだとっ!!　こっちに何人いると思ってんだ！」

「君たちやめなさい！！！」

有坂さんが顔を赤くして叫んでいる。

俺はなんだかめんどくさくなっていた。

みんな自分が一番強いと思ってイキがってるのだ。探索者は軍隊よりも強いという話は、テレビで何度か目にしている。探索者がダンジョンを独占するために、軍隊や警察を相手取って籠城しているという話も、海外ではよくあるようである。

そのくらいダンジョンから得られる力というのは大きい。

だからといって、さっきのアイスダガーも避けられない奴とか、そんなの相手に槍を抜く奴とか、イキがるにしたって勘違いも甚だしい。

レベル10前後で、霊力２０００や３０００くらいの奴らは、もうちょっと謙虚に生きるべきだ。周りに怯えて、肩を寄せ合って震えてるくらいでちょうどいい。

それがちょっとチームを組んで集まったからといって、こんなにイキリ立つというのは、鬱陶しいを通り越してみっともない。

目の前では両方の仲間が集まって、一触即発という雰囲気になってきた。

早く講習を終わらせたい俺は、穏便に場の終息を計ることにした。

「だ、だれか止めてもらえませんか！」

協会の人も困って、周りに呼び掛けている。それを横目に俺はコンクリートの柱まで歩いていき、オーラを発動させてそれを殴った。

建物全体がドゴンと揺れ、コンクリートがひび割れて亀裂が走る。

もともと学校だった建物だけあって、作りがしっかりしている。崩れたりしてないし、力加減も完璧にできた。

振り返ると全員がちゃんと俺の方に注目していた。

「静かにしてもらえませんか！　講習が始まりませんよ」

それでその場は綺麗に納まった。

力を誇示したかった人たちは、全員が俺に向かって小さく謝り、自分の席へと戻った。

揉め事に首を突っ込もうと周りを取り巻いていたイカツイ人たちも、混ざらなくてよかったという、あからさまな安堵の表情を見せている。

これ以上ないくらい目立ってしまったが、そんなことはどうでもよく、俺はただただ講習会をさっさと始めてほしかった。

不穏

「超かっこいい、超かっこいい。それ、俺がやりたかったやつですよ。伊藤さん！」

「じゃあ、やればよかったじゃないか」

「いや、僕はまだ素手でコンクリを割る境地には届いてませんから」

相原が隣ではしゃいでいて、講習の内容がよく聞こえない。犯罪者を捕縛、もしくは排除する義務を負うことになりますと、協会の人が説明している。それは指名手配犯がでたら捕縛を命じられて、相手が応じなければ殺せという事である。

「でも、仮にレベル21だとしても、素手でコンクリートを割れますかね」

「それは霊力次第じゃないかな。それにしても、本当にレベル21だとは私も思わなかった。どうやって上げたんだい」

「まあその辺は教えてもらえないんでしょうね」

講習の内容に集中するのは無理そうなので、俺も話に入ることにした。

「それよりもロビンフットってのはなんだ？」

「東京で一番レベルと霊力が高いと言われている人ですね。なんでもトリプルマジックアローとか言うスペルを使いこなしているそうですよ。日暮里のソロランカーです。たまに遠くから助けてくれることもあって、そう呼ばれてるわけですね。それよりも伊藤さん、フルレットに入りませんか。

伊藤さんならミヤコ嬢のハートだって掴めます」

「で、そのロビンフットが有坂さんだってことですか」

俺の言葉に、有坂さんが息を飲んで俺を見た。

「ま、まあ……、そういうことになるね」

「ええ⁇　マ、マジですか？　い、いや、薄々は気付いてましたけどね。だって僕よりレベルが高いなんて、普通じゃありえませんからね」

「黄金のスペルスクロールですか」

「ああ、伊藤君も手に入れたらしいね。初めてダンジョンに降りた時に見つけたんだ」

それなら魔法だけで遠距離から安全に敵を倒してきた有坂さんでもレベル14ということだ。クリスタルを通常ドロップしないダンジョンでは、そのくらいが今のところ上限になるのだろうか。ほとんどクリスタルだけで回復してきた俺は、相当なチートである。

金色のスペルスクロール自体は、それほどのレアだとも思えない。大きなチームなら一つくらい出していてもおかしくないはずである。

さっきの金髪はクラウンというチームに所属していて、女の子の方は赤ツメトロというチームだそうである。

「そのチームってのが、ギルドとかクランって呼ばれてたやつか」

「そうですよ。最近では、チームと呼ぶのが一般的になりました。僕はこう見えてフルレットのリーダーですからね。気を付けてください。お二人のような一匹狼は、いずれ淘汰されてしまいますよ」

有坂さんはどこにも所属してないらしい。一人が気楽だという、その意見にすごく同意できる。気になっていた霊力についての質問にも、小声ながら気安く答えてくれた。現在、東京のトップといわれる有坂さんで、２４００だそうである。

そして最近ではリキャストタイムの長い魔法攻撃よりも、槍で囲むのがセオリーになりつつあるそうだ。なので有坂さんも、どこかしらのチームに入る予定だと言った。

クラウンはありえないし、赤ツメトロは女性しかいないというし、フルレットに入るなら相原の下に付くことになるから、今のところはどれも不可である。

壇上では、発見した地下資源の登録方法について話している。

地図でエリアを特定し、協会に申し出れば掘削業者を競売で選んでくれるそうだ。

「他のチームについての情報はないか」

俺がそう聞いたら相原だけじゃなく、有坂さんまで神妙な面持ちで首を振った。

何か聞いてはいけない事を聞いたような感じである。

「抗争中のチームもあるから、メンバーだと知られたくない人も多いんだよ。抗争で死人も出しているからね。メンバーだと知られたら、それだけで命の危険がある。しかも、そういった粗っぽいチームが、名前を変えて活動していることもあるからね」

「死人？　東京のダンジョンはそんなことになってるんですか」

「いや、東京だけじゃないよ。世界中、どこでもそうさ」

「平和なのは、人が誰も近寄れない北海道ダンジョンだけだって言うね」

相原が自分の冗談にヒヒヒと笑う。有坂さんが言ったことは、今さら驚くような事実でもないらしい。

「だから伊藤君なんかは、安易に勧誘には乗らないほうがいい。巻き込まれるよ。それが気がかりで、私もどこに入ろうか決められないんだ。人間同士が本気で戦ってるのを、地下で何度も見ているからね」

「僕の経験では、あのイキってる金髪みたいのはすぐ殺されますね。マジ、敵を作るのは簡単だけど、身を守るのは大変なんですよ。あんな風に、やたらめったら周りに噛みついてたら、あっという間に敵だらけですよ。特にイキリオタクには気を付けないといけません。陰湿ですからね。ダンジョンではリアル世界での価値基準なんて糞の役にも立たないんですよ」

俺の目の前で息巻いてる男は、まさに陰湿そうなイキリオタクという姿である。

有坂さんも、何とも言えないという表情で相原の話を聞いていた。

「海外の軍人がうろついてるなんて話もあるし、私も殺されて間もない死体を目撃したことがある。モンスターにやられたのかもしれないけど、あれをやったのは、たぶん人間だ」

なんだか怖い話が色々出て来て嫌な気分だった。

モンスターが出て来て人間を殺してるというのに、どうして人間同士で争う必要があるのか。

たぶんそれは、ダンジョンからもたらされる利益のリソースが有限だからだろう。

そんなことが頻繁に起きているなら、チームを組むのだって当然の流れに思える。

有坂さんくらい実力が先行してないと、そんな状況でソロなんてとても無理だ。

「でも、トリプルマジックアローだけで、そんな簡単に敵を倒せるもんですかね？」

「それは僕も知りたい！」

「私にはクライミングの経験があるからね」

なるほど。岩場を上ってそこから敵を倒すのだ。

しかし、敵にも飛び道具があるから、言うほど簡単ではない気もする。

「マジックアローの魔法は、特性で敵を追尾できるんだ。だから隠れて撃ってればいいんだよ。両手が塞がるから、そこだけ面倒だけどね」

いろいろ種明かしをしてもらったが、俺にはあまり話せることがない。アイスランスとブラッドブレードについてだけ明かすことにした。どちらも俺が出した金のスペルスクロールである。

俺と有坂さんの話を、相原はとても羨ましそうに聞いていた。

「二人ともずるいなあ。そんなの金スペルの引き次第じゃないか。クソゲーすぎますよ」

「まあ、切り札になる魔法があれば、相原だって強くなれるんじゃないか」

「いや、今でも自分は攻略組のランカーだと自負してますが。二人がちょっと運よく敵を倒せてるだけじゃないですか。それに伊藤さんは、まだ何か隠してますよね」

「まあな」

裏庭ダンジョンについてバレたところで、俺の許可無く入る奴はいないように思える。それでもダンジョン管理なんかに時間を使うわけにはいかないから、誰かに話すという選択肢はない。

俺たちはそんなことを話していて、ろくに講習は聞いていなかった。

情報はあとでネットで拾えばいいだろう。

そのあとでレベルを申告し免許が交付された。

協会を手伝う希望者は残ってくれと言われて半分くらいはその場に残った。レベルを上げた者だけを集めたのは、これのためだろう。

しかし、オークの討伐や指名手配犯が出た時に有志として手伝ってほしいという話で、それを聞いたほとんどの奴は帰ってしまった。

まあ、それはそうだ。命がけで手伝うことになるのに、メリットがまったくない。

「自衛隊から特別な情報提供も受けられます。多少の便宜を図ることも可能ですよ」

協会の人はそんなことを言っているが、今日集まった奴らは、お金を稼ぎたいだけなのだ。多少の便宜程度では、犯罪者集団を敵に回したり、金になるかもわからないオークを倒せと言われる対価にはなっていない。いくらなんでもリスキーすぎる。

赤ツメトロのリーダーだという少女と、俺たち三人、それと十人ほどが最後まで残った。俺たち三人は身内話に盛り上がっていて、帰るタイミングを逃しただけとも言える。

それで手伝うという話になってしまった感じであるが、俺と同じように有坂さんも最初から手伝うつもりでいたに違いない。

メールで連絡するから、なるべく協力してほしいと頼まれてその場は終わりだった。

あまりにも協力的でない者が多すぎて、協会側も面食らっている感じである。

「あんたすげーな。あのパンチさ。どんな魔法を持ってんだよ」

帰り際に赤ツメトロの京野が話しかけてきた。

あまり自分の使う魔法については話したくないので、答えを濁した。

「体全体を覆うバリアのようなスキルがあるんだよ。それ以上は教えられないな」

「じゃあ武器は何だよ。それくらい教えてくれたっていいだろ」

俺が両手剣を見せると、どこで出したんだと聞いてくる。

俺は栃木だと適当に答えた。

今日、金髪が持っていた武器は、以前に俺が売ったシミターである。

そして目の前の京野が使っているのは、俺が骸骨から出した槍だろう。

意外と狭い世界である。

京野は俺に名刺を渡して言った。

「欲しいアイテムがあったら連絡してくれ、なんとかなるかもしれない」

「僕も名刺が欲しいな」

「おめーなんかに用はねえ」

相原はフラれた。

俺としては、チーム名を名乗れる所なら、関わっても平気だろうと考えることにした。赤ツメトロとフルレットくらいなら、まあ大丈夫だろう。

クラウンも態度が悪いだけで、どこかの大学のサークルという感じもする。しかし、トラブルメーカーになりそうなので関わるつもりはない。

その後は有坂さんたちとご飯を食べに行き、その後で販売会に行こうという話になった。

相原は、そんなところで買えば割高だから、ネット通販で最安値を買うべきだとか文句を言っていたが、どうやらついてくるようだった。

販売会

免許の交付を受けたら、全国の業者が集まる販売会に三人で向かった。

相原はなにやら電話で、今日の講習会の様子を誰かに話している。チーム全員に免許の交付を受けさせるというようなことを言っていた。

俺の方は、あれだけ目立った後だから、即売会の会場を歩いているだけで色々な人から声をかけられる。

有坂さんは東京勢の中で一、二を争う実力者であるが、ソロかつ誰とも関わらないようにやってきたから顔見知りはいないそうだ。

滋賀や熊本にあるダンジョンにも実力者はいるだろうが、そっちは大阪の講習会に出ていて、ここに居る可能性は少ない。

そんなことを有坂さんと話していたら、村上さんを見つけた。

「講習会に出てきたんですね。今日は私も稼ぐつもりで来ましたよ。しばらくはレベル持ちの講習会に張り付いて、こっちで商売します。なにか売り物はありませんか、伊藤さん」

俺は売るつもりで持ってきたレイピア三本を村上さんに売ることにした。考えてみたら、俺がこの場でこれ以上目立つことをやるべきではない。裏庭ダンジョンのドロップも、自分が持っているところを、あまり周りに見せたくはない。

周りに見えないようにして、レイピア三本を村上さんに渡す。

細身で重すぎないレイピアに、売れると思ったのか村上さんは笑顔になった。しかし、リーチの短い武器の扱いはさらに悪くなっている。

それでも今だけは売れないこともないだろう。客の数だって、この公園内に数千人はいるんじゃないかというレベルだ。

俺は村上さんからお金を受け取った。

相原はスキルストーンを売ってる店の前で、足を止めている。こんなところでは買わないと言っていたくせに悩んでいるようだ。買うかどうか悩んでいるのは俊足のスキルである。金色ではなく銀色の石だ。

銀とは言え、こういったスキルストーンはべらぼうに高い。悩めるという事は、買えるだけ稼いでいるということだ。

俺も色々と流し見てみたが、良さそうなものは既に残っていなかった。

チームの勧誘もいたるところで行われているが、俺も有坂さんも迂闊には入れないため様子見しかできない。

「こうなったら、自分たちで作るというのはどうかな。伊藤君が作れば人は集まるよね」

「ダメダメダメ、ダメですよそんなの。そんな、なんの後ろ盾にもならない弱小チームが、いったい何になるんですか。いざというとき頼れるのは数なんですよ。数！」

相原は何としても俺たちを自分の所に入れたいらしい。しかし、相原がトップじゃ、入ったところで足手まといにしかならないのは間違いない。

俺たちは赤ツメトロの京野たちが出店している店の前を通りかかった。ちょっとした騒ぎになって、京野はチーム員に俺のことを紹介してくれる。紹介された女性は綺麗どころばかりで、気分は悪くない。しかし、男を入れる気はないらしく、勧誘はなかった。

それにしても何か買おうと思ってきたのに、残り物は法外に高すぎて手が出ない。

熊本で出たという良さそうな両手剣があったのだが、なぜか値段が四百万もする。需要はなくとも、売り手が値段を下げなければ、そんな額になるのだ。

「アイテムも高いし、勧誘してるチームがどんな実績なのかさっぱりわかりませんね」

「いくら何でも金なさすぎるでしょ、伊藤さん。ゴブリンの奥にいるガーゴイルくらい倒してるんなら、革と心臓で稼いでるはずですよ。ガーゴイルの黒革と黒鉄の矢だけでもかなり稼げますからね。まさかレッドクリスタルの買い占めとか、本気でやってるんですか」

生憎と俺が今現在やってる場所は、クリスタル以外がレアドロップのようなところだ。それも、日本ではドロップが確認されていないマナクリスタルがほとんどである。

「いや、買い占めなんてやってないぞ。それをやってるのは自衛隊だって噂だ。その割りに今日の講習会に強そうな人は見なかったけどな」

「自衛隊が買い占めたのなら、研究や治療目的なんじゃないのかい。希少なクリスタルをレベル上げに使ったとは考えにくいよ」

確かに有坂さんの言う通りである。

所詮は噂話ということだろうか。

「まあ、僕らくらいしかガーゴイルなんてやってられませんからね。マジックシールドのレベルが

20はないと、火炎を防げないんですから」

「マジックシールドが20って凄いな。ずっと、それしか使ってないレベルじゃないか」

「ええ、それしか使ってませんでしたよ。我々の中に、それだけを極めた者がいて、残り全員で魔弾か魔法を放ちます」

「魔弾のレベルは？」

「僕は22ですね。ちなみに伊藤さんはいくつですか」

「俺は13しかない」

「さすがバブリーな魔法持ちは違いますね。僕らはアイスダガーさえ最近になって手に入れたんです。普通はそれくらい大変なんですよ。ちなみに魔弾も20超えたあたりで敵に風穴が空くようになりました」

「すごいね。アイスダガーより強いんじゃないのかい」

「いやいや、そんなわけないでしょ。第一、それを有坂さんに言われると嫌味にしか聞こえませんよ。マジックアローの方がよっぽど強いでしょ」

「だけど魔法は、自分がレベルアップしないと威力が成長しないからね」

よくよく話を聞いてみれば、魔弾で穴が開くのはガーゴイルの羽の部分だけで、そもそもマジックアローなら胴体に穴が開くそうだ。そしてアイスダガーでは、なかなか致命傷といえるところまでは刺さらない。敵はファイアーボールを使ってくるそうだが、たぶん骸骨くらいの強さだと思われる。

俺も魔弾を成長させることは考えたが、使いまくってもその程度なら、やはり魔法を選んでよかったと言える。コストがないとはいえ、ダメージ効率が悪すぎる。

「だけどさ、それだとマジックシールドを最大で展開しなきゃならないだろ。かなりマナを使うんじゃないか。その戦い方だと自分だけ霊力が上がらないって不満は出てこないのか」

「出てきますよ。でもそれは回復魔法も一緒だし、他の魔法も一緒です」

相原の言い草を聞いていると、そもそも霊力を必要とするような近接戦闘をしていないから、ステータスの魔力くらいしか気にしていないような感じである。

つまり霊力と魔装に頼って戦う前衛と、魔力に頼って戦う後衛があるはずなのに、後衛だけで戦っているような感じだ。

「なるほどな。それで最近は霊力を上げるために、槍で倒そうって話になってるのか」

「そうですね。それよりアイスランスを見せてはもらえないですかねえ。僕の魔弾とどう違うのか確認させてください」

「ここでかよ。無理言わないでくれ」

「じゃあ三人でガーゴイルでも倒しに行きませんか。黒革が出たら伊藤さんにあげますよ」

面白そうだと思って、俺はその提案に乗った。徒歩十五分ほどでダンジョンに着いた。

まず最初の印象として、東京のダンジョンは非常に明るかった。壁が薄く緑に発光しているため、全体的に視界が非常に良い。しかし、さながら観光地のような賑わいに辟易する。

今日から解禁されたわけだから、こうなるのは仕方ない。

そんな中、相原は自信のある足取りで、俺たちを先導しつつどんどん歩いていく。

有坂さんも慣れた様子で、手探りな感じは全くないから、東京のダンジョンはどこも似たようなものなのだろう。

それにしても、東京のダンジョンは地下空間が広すぎる。ほぼ三百六十度に広がっていて、複雑に入り組んでいる。これでは何を頼りに戻ってきたらいいのかわからない。

しばらく歩くと、ゴブリンが現れた。

そのゴブリンは相原が魔弾で転ばせると、まずは私の魔法を見せようと有坂さんが言って、トリプルマジックアローを放った。魔法の光線がうねりながら突進して、ゴブリンに三つの穴を空ける。

「やはり、我がチームにも、その魔法が欲しいですね」

「マナの消費が多いから、それほど優れているわけでもないよ」

「次は伊藤さんが倒してくださいよ」

ご要望通り、次のゴブリンは俺がナイフで首を狩った。いくらなんでも、この辺りの奴に魔法を使うのはもったいない。

「まあ、そういう倒し方もありますよね」

さすがレベル21の体さばきだと、二人は俺の動きを褒めてくれた。

俺としては歩いて近寄りナイフを振っただけである。

「ガーゴイルはいつ出てくるんだ」

「もうすぐですよ。でも本当に普段着のままガーゴイルまでやるんですか。危なくないですかね」

しばらく歩くと、天井がいきなり高くなった。

そして、さっそくファイアーボールが飛んできた。それを相原が、かなり大きなマジックシールドで見事に防いでみせてくれる。

そして俺はアイスランスをガーゴイルに向けて放った。

「流石の威力だ。私のマジックアローよりも威力があるように見える」

「レベルの恩恵でしょう」

「あー、こんな魔法があれば、二人のレベルにも納得ですよ」

まるで魔法を手に入れたことが全てのような言い草だが、最近の体たらくではそう言われても仕方ない。

そして、二匹目のガーゴイルは、俺がアイスダガー二発で倒す。

魔力の恩恵で、相原の魔弾よりも三倍は威力がでていた。

「ここも人が多いな。いつもは相原たち以外いないんじゃなかったのか」

「そうなんですけどねえ」

「きっと、人が多すぎて、いつもはゴブリン狩りをしていた人たちが、こっちに来てるんじゃないのかな。それよりも、これ以上奥に行くとレックスが出てくるよ」

俺は戦ってみたいとわがままを言って、ティラノサウルスを小さくしたようなモンスターが出てくるという奥へと二人を誘った。

生息域に入ると、有坂さんは崖を上り、相原は俺から離れる。

レックスは巨大なアゴを武器に、こちらにわらわらと寄ってきた。

俺は一匹目にアイスランスを放ち、二匹目と三匹目は取り出した両手剣の一太刀で首を飛ばす。そして四匹目を蹴飛ばして、その後ろからやってきた五匹目にぶち当てた。

バランスを立て直すうちに、有坂さんが一匹を魔法で葬り去る。

そして、ラスト一匹となったレックスは、相原の魔弾にバランスを崩されたところを俺に斬り倒された。

強さとしてはハイゴブリンの方が、よっぽど手ごわいと言ったところだろうか。

司書

レックス地帯は全くの手つかずで、誰にも倒されていないから敵の数が多く、かなり危険である。俺一人ならわけもないが、相原や有坂さんがいてはわからないので、すぐに引き返す。

レックスを遠距離攻撃だけで倒すのは無理だろう。レックス自体は遠距離攻撃を持たないから死に物狂いで突っ込んでくるし、ジャンプ力があるから崖を上る力もありそうなのだ。

「やはり、レックスは槍と盾で戦うしかないようですね。僕らもいつかは、ガーゴイルを卒業する日が来るのを覚悟していたんですよ」

「レベルが上がってればそれほど脅威でもないだろ。早いうちに倒せるようにならないと、ガーゴイルなんか取り合いになって倒せなくなるぞ」

今日見た感じでは、モンスターの競争率はかなり高い。スライムを見つけるだけでも、かなり苦労しそうな様子だった。

俺の体感では、敵がリポップするのは四～五日おいてくらいの感覚である。

俺も周りに追いつかれないように気を付けないと、行くダンジョンが無くなってしまう可能性がある。

「でもまあ、これだけ人が増えると、逆に危険が減っていいんじゃないかな。遠くから倒すだけが戦いじゃなくなっていくだろうね。私も革の鎧を一式で揃えたいところだよ」

今日の俺は両手剣しか出していない。二人もそうなのかと思ったら、まだ防具を持っていないだけらしい。

どこかで敵が落とすようになれば、簡単にそろえられるようになるだろう。

「昔、どこかの業者が金属の鎧を出してたんだけどなあ。誰も必要性がわからなくて、安い値段で買われてたよ。あれを買っとけば、今ごろ凄い値段で売れただろうにな」

有坂さんがそんなことを言った。

たぶんそれは村上さんが俺から仕入れたものを売った奴だろう。

「そんなの重くて、誰にも装備できなかったそうですよ。僕らの霊力じゃとても無理だ。名古屋の方のダンジョンから、革装備が一式出るようになったらしいですから、そのうち簡単に揃えられるようになるでしょう。僕はそのうち、あっちのダンジョンにも遠征してみるつもりです。東京よりは混みあわないだろうし、穴場になると思うんですよね」

俺はとりあえず、裏庭のダンジョンを行けるところまで行こうと思った。そんなことを考えていると、さっそくダンジョンに入りたくなってくる。

その後は連絡先だけ交換して二人と別れた。

安いホテルで一泊してから、朝方に快速列車に乗って家に帰った。

※

家に帰ってから半日横になっていたら、ダンジョンに入れる状態になった。

準備を済ませたら、日暮れと共にダンジョンに入る。

庭園まで三十分ほどで到着した。庭園を抜けるのにも二十分と掛からない。

コボルドは既に手こずらなくなっていて、ヘラジカの方もきっちりと自分の実力で倒した手応えがある。

庭園の先にある石畳の広大な部分は、ひっきりなしにコボルトの群れが集まってくるが、倒せないということもないという感じだろうか。動きについていけるようにさえなれば、どんな敵でもそれほど苦戦することはない。やはりゲームのように、レベルさえ上げればどんどん楽になる。

体力的にはシミターと両手剣の二刀流も可能だったが、難しかったのでやめておいた。あまり調子に乗ってもしょうがない。

石畳を無造作に進んでいくと、やっと変化が現れた。

ここが洞窟であることを忘れてしまいそうになるような立派な城壁である。もちろん城壁であるかどうかはわからないが、第一印象として俺はそう思った。

かなり頑丈かつ、矢を放つ窓のようなものが上部に配置されている。足元も攻撃できるように、下側にも狙いが向けられるような工夫がされており、そんなものがこちらに向いて無数の口を開けているのだ。

城壁はそれほど大きな建物を囲っているわけではなさそうな曲線である。

とりあえず、城壁の中に入る前に周りにいるコボルトを全て始末した。

そこで城壁に空いた入り口をくぐって中に入る。正面に石でできた丸い二階建て程度の建物が見える。

丸い柱が均等に並んでいる上品な建物だ。ホワイトハウスという言葉が頭に浮かんだ。

その建物の前に、上品とは程遠い奴が身構えていた。

三メートルはある大きな体に、手には棍棒を持ち、頭には角が生えている。

なんとなくオーガという感じがする。

もうとっくに攻撃してきてもおかしくない距離なのに、こちらを睨んで動きもしない。

手始めにアイスランスを放ったら、棍棒で難なく打ち砕かれた。さっそく切り札を失ったような気分になるが、よく考えたら俺だって、このくらい距離が離れていたら撃ち落とせる。何もビビる必要はない。

俺は両手剣を構えて駆け寄った。

振り下ろしてきた棍棒を、俺は右に飛んで避けた。

その俺に向かってオーガは口から青い炎を吐きかけてくるが、それをオーラだけで耐える。体の表面が沸騰するような感覚に耐えつつ、なんとか目だけは守った。

俺は相手の顔面にアイスダガーを放ち、炎を中断させて懐に飛び込む。

両手剣を相手の肩に叩き込むが、同時に棍棒の一撃を腹に食らって吹き飛ばされた。

鎧のおかげで何とか生きているが、今のは当たりどころが悪ければヤバかった。

オーガは俺に向かって突っ込んでくる。

手探りで掴んだオレンジクリスタルを三つ砕いて、オーガの攻撃を剣で受けつつ、アイスランスを放った。氷の槍は見事命中しオーガの左肩を吹き飛ばした。同時に、棍棒の一撃を剣で受けた俺も、後ろに吹き飛ばされて地面を転がった。

剣で受けたはずの棍棒が顔面に当たって、首から上が吹き飛ぶかと思った。

しかし、力では完全に負けているから、こうやってカウンターで攻撃を当てるよりほかにない。あとは次の攻撃を受ける前に、クリスタルで回復すればいい。

結局、次の攻撃で右肩を吹き飛ばして、なんとかクリスタルが尽きる前にオーガを倒すことに成功する。

ドロップアイテムは、金の刺繍が入った白いローブで、アイテムボックスでは賢者のローブと表示された。金属で出来た鎖のようなものが編み込まれている。これはなにか、追加で効果がありそうだ。

それともう一つ、マジックワンドという杖が出た。

杖は使わないので仕舞っておこう。

俺はオーガが守っていた建物に入ることにした。

※

両開きの大きなドアを開けると、聖堂といった感じの室内が現れる。真ん中に土台があって、その上に大きなオーブが薄暗い光を発している。周りには本棚と机、長椅子などが置かれている。これまでの朽ち果てた建物と違い、まだ使えるものが並べられていた。

ラウンジのようにも見えるのだが、椅子や机などのサイズが人間向けとは思えない程でかい。

建物の奥に向かって何段か高くなった場所がある。外からは丸く見えたが、どうやらひょうたん型の建物のようだった。

一番高くなった場所で、三つの宝箱を見つけた。

これは空飛ぶ絨毯が出て来たとテレビでやっていた宝箱そのものである。宝箱が空いた様子はないし、中身が入っている可能性は高い。しかし飛びついて開けようとした俺の前で、宝箱は開く素振りもなかった。

空飛ぶ絨毯を出した男は、真ん中の球に触れたら開くと言っていたが、真似してみてもなんの反応もない。どこをどういじっても無理である。

仕方なく俺は、部屋の中心にあったオーブのような珠の方を動かしてみることにした。

ダンジョンにあるアイテムの動かし方はわかっている。大体は魔力を流せば動き出すのだ。

俺は台座にある階段を上って、オーブに触れた。

その瞬間、俺の中に様々な知識が流れ込んでくる。雷が落ちたように体がしびれて、視界がホワイトアウトした。そして俺は、この建物が大図書館であることを知った。そして自分がこの図書館の司書になったらしいということも知ったのである。

司書として、この建物が使用可能になり、同時に貯蔵された知識の呼び出しが許された。

大図書館

膨大な知識を手に入れた。しかし、知識といっても映像として入ってくるため、情報にアクセスするにはいちいち読まなくてはならない。自分の頭に質問をすると、文章で返してくれるような感覚である。

とりあえず気になっていたことを尋ねると、色々な疑問が解消された。

そしてダンジョンの意味を知った。この世界にあるダンジョンは、別世界にある船のようなものだ。そして全てのダンジョンは、時空を超えて中で繋がっている。

どうしてこんなものが地球に現れたのかだけは、どこにも情報が無い。

このダンジョンは、城であり宇宙船であるような何かだ。それがばらばらになって、半分壊れたりしながら、地球に現れたらしい。

モンスターは試練の遺物からあふれ出したもののようだが詳しいことはわからない。

そして知りたくないことまで知ってしまった。

ダンジョンの中にある施設は、かなり力を持ったものが数多く存在する。特に危険な施設は、武器庫、研究所、大神殿あたりだろうか。とてつもない力を持つ物ばかりで、放置しておけるレベルではない。研究所には天候すら変えてしまう魔法があり、大神殿には地球を滅ぼすほどの力がある。

誰かが、それらを手に入れてしまったら、地球はそいつの思い通りだ。

というか、いつかは誰かがそれらを手に入れる。

手に入れた者に善意がなければ、まさにこの世の終わりである。

ダンジョンにある施設の危険を誰かに知らせるにしても、それを教えられる人間がいるだろうか。

多くの人に知れ渡れば、それこそ悪意を持った者がダンジョン攻略を目指すだろう。それをさせないためには、俺が施設の支配権を押さえるしかない。最初に到達し、施設を起動して権限を手に入れてしまえば、もはや誰も手は出せなくなる。

要するに、俺がこのダンジョンを最初にクリアすれば、すべて丸く収まるという事である。そもそも、俺しか知らないのだから、その存在すら知られる心配もない。

大図書館の知識が使えるおかげで、アイテムや魔法の効果、地理に関するおおよその情報は得た。ダンジョンの地理に関する知識は、かなり変わっている可能性もあるが使えないこともない。

まあ難しいことを考えるのはあとにしよう。

とりあえず、俺は大図書館内にある宝箱を開ける権限を得たので、それらを開けることにした。

どちらにしろ金が要るし、ダンジョンを攻略するにしてもアイテムが必要だった。ここにある宝箱は、最高レアのアイテムが出てくる可能性が最も高い宝箱が二つと、1ランク下の宝箱が一つである。

俺はまず1ランク下の宝箱を開けてみることにした。

変な動悸がしてくるが、ここで外したからといって攻略が遠のくだけで、何が起こるわけではない。

出てきたのは、無限水瓶というアイテムだった。

悲しいかな俺の知識は、風呂の浴槽を持ち歩けるくらいの価値だと告げている。大きさを自由に変えられて持ち運びできる浴槽であり、お湯を入れておけばそのまま風呂としても使える水筒だ。砂漠に住む人なら買ってくれるかもしれないが、特に価値はないだろう。

しかし宝箱はまだ二つある。

次に出てきたのは、最も希少な部類のフロッティというナイフだった。手にした者の時間経過を早め、切れ味の上がる加工が魔法によって施されている。宝物ではなく武器であり、なかなかの逸品だった。もちろん鞘もついている。

最後に出てきたのはテントだ。大円天幕という、モンゴルとかで使われていそうなテントだ。ダンジョンの中でも睡眠がとれるようになる、カモフラージュ機能付きのテントである。売っても大した金にはなりそうにないが、役に立たないこともないだろう。

まあ武器も出たし、と自分を慰めるくらいのアイテムだった。

とりあえず魔法に対する抵抗値の高い賢者のローブを着て、ナイフを腰につけた。天幕と水瓶はアイテムボックスに仕舞う。

今後の方針としては、地理的にも宝物庫を目指すのがいいだろう。東京のダンジョンから行くのが一番の近道になるし、近いゆえに最も難易度が低い。そして今の俺に必要なものが揃う可能性が最も高い。

とはいえ、今日できるのは、情報を整理することくらいしかなかった。だからレベル上げも兼ねて、もう少し大図書館の奥へ進んでみようと思う。

それにしても猫目は売らなくてよかった。こいつは動くものを目で追うのに適性があるし、魔法のトラップも見つけやすくなる。

オーラのスキルは性能的に、やはりマジックバリアといったところだった。身体全体を覆うマジックシールドである。

俺は大図書館の扉に鍵をかけた。これで俺以外は中に入ることは出来ないし、力ずくで壊そうにも相当のレベルか、相当の宝物が必要になる。ついでに俺が城壁だと思っていた防御壁の門も降ろしておいた。

※

俺はナイフでコボルトを倒しつつ先に進んだ。

ナイフの効果はすさまじく、スパンスパンと雑草を狩るみたいに首を刈り取って進める。コボルトたちは俺の動きを追いきれてない反応だった。

渓谷のような地形の場所に出ると、スケルトンの上位版が出てきた。肉がついていて急所が露出していないし、オーラのようなものに体全体が守られている。

上位スケルトンを前にして、最初は最高レベルに希少性があるナイフがあるし、なんとかなるだろうと思っていた。

しかし、こんなのを相手に既に攻撃力が足りていない。骨を斬り離せるほどの切れ味がないのだ。

やはりレベルや剣術スキルもかなり重要なようである。

それに魔法も、もっと使い勝手のいいものがあるのかと思ったが、一覧を見る限り、アイスランスはかなり使いやすく万能な部類である。雑に流し読んだ程度だが、これ以上に使いやすそうな魔法はあまりなさそうだ。これで力不足と感じるなら、俺のレベルが足りてないという事になる。

ダンジョンを攻略しようと思ったら、地道なレベル上げもかなり必要ということだ。せっかく最高レベルのレアアイテムを手に入れたというのに、こんなところで攻撃力不足を嘆く羽目になるとは悲しい話である。レベルも必要だが、これはもっと強烈な装備も必要になるという事でもある。

それだけではない。パーティーメンバーも必要である。どう考えても俺一人では無理だし、誰か信用できる奴の助けを借りる必要がある。

とりあえず一人は蘭華でいいだろう。アイツは昔から知っているが、ここの施設を悪用するほど悪い人間ではない。

しかし、蘭華以外にそこまで信用できる人間を俺は知らなかった。それに蘭華が協力するかも疑問である。

まあ、金にうるさいだろうから、儲かると騙せば引き込むこと自体は難しくないだろう。しかし、こっちの魂胆に気が付くのも早そうなのが少し厄介である。

とりあえず、俺はスピードを生かして狩れるだけの骸骨を狩って回った。

相手の周りをまわりながら、脊椎をナイフの切っ先でコツコツついて崩す。それで動きが悪くなるから、あばらの隙間から心臓にある弱点を一突きにして終わりだ。

やってるうちに、切るよりも砕いたほうが楽なのだと気が付いた。そもそも骸骨という敵は、ナイフという武器との相性が悪い。

上位骸骨のドロップはオレンジクリスタルと武器防具だった。嬉しいことにベルトのようなものまで出た。

　ボクシングのヘッドギアみたいな不格好なものも出たが、もはや岩を全力で殴っても血が出るかどうかといったところで必要性が感じられない。転んだくらいじゃ頭を打っても、かすり傷すら負わないような気がする。これは蘭華にあげてしまってもいいだろう。

　アイテムボックスが八割ほど埋まったところで俺は引き返すことにした。

　せっかく賢者のローブがあるのだから、魔法を使ってくる敵の相手もしたかったが、魔光受量値が限界近くなってしまったので引き返すしかない。

　ダンジョンで出る装備には魔光を防ぐ力もあるが、敵を倒してしまうと魔力を吸い取るために魔光を受け入れざるを得なくなる。だから、レベルが上がりやすい低レベルのうちは、どうあがいても長居は出来ない。

　俺はナイフ片手に走ってダンジョンを抜け出した。持ち続けなければ効果を発揮しないというのが、このアイテムの難点である。腕輪か何かで同等の効果があるものが欲しいところだ。

　ダンジョンを抜け出して、身に着けていたものをアイテムボックスに移した。家に入ると、蘭華が俺のことを待ち構えていた。

　上下タイツ姿で外から帰ってきたことには触れもせず、いきなり蘭華は怒り始めた。

東京

蘭華の言い分はこうだ。

「剣治が一人で登録に行けって言うから、私は行ってきたのよ。そしたら、それっきり音沙汰もなしってどういうことよ。連絡も取れないし、そのくせ絶対に一人では行くなって言われたのよ。どうしろっていうのか聞かせてごらんなさい」

「どうせ今行っても足の踏み場もないほど混んでるよ。それに明後日から、お前を東京のダンジョンに連れてってやることにしたんだ。レックスあたりを倒すのがちょうどいいしな。俺が倒してやるから、それでレベルを上げろよ」

「何も調べていないようね。いきなりレックスなんて倒せるわけがないじゃないの。もう、ひと月近くやってる人でさえ、そのモンスターには近寄りもしないそうよ。なに気安く倒してやるとか言ってるのかしら。私だっていろいろと調べているの」

「まあ、とにかく明日くらいには東京に行くぞ。宿代は出してやるから、一か月くらいはホテル暮らしができるだけの準備をしとけよ。こっちにも、お前のレベルを上げないと話にならない事情が出来たんだ。金儲けなら俺に任せておけよ。きっとすごい稼げるぜ」

「残念ながら、もう私はうだつの上がらない蕎麦屋の倅とは一緒にやらないことにしたと伝えに来たのよ。皆とっくに始めてて、今から行ったんじゃスライムも倒せないわ。剣治が遊んでる間に、周

りに水をあけられてしまったの」

蘭華は、何を言っても聞かないし、理解もしない。完璧に調べ上げているつもりだから、なおのこと俺の言う事なんて聞きそうになかった。それでも、なんとかうまく騙してレックス狩りに連れていくしかない。

こいつを引き連れて、レックスの首でも飛ばしていればすぐにレベルは上がるだろう。裏庭のダンジョンじゃ、俺が倒してしまった後だから、ちょうどいい敵がいないのだ。それに蘭華がダンジョン酔いで動けなくなったら、その間に俺も東京のダンジョンを攻略できるからちょうどいい。

俺としては、早いとこ宝物庫までの道順をクリアしなければならない。

「そんなこと言わずに、俺と一緒にやってくれよ。お前の力がどうしても必要になったんだ」

地面に手をついてそう言った俺を、蘭華は冷たい目で見降ろしていた。

地面に手をついているのは演技ではなく、ハードな探索の後で立ち話中に眩暈がして、立っているのが辛くなったからだ。

「そうでしょう。そんなこと最初からわかってたことじゃない。今日の午後には行くわよ。早く準備しなさいよね」

これから俺はダンジョン酔いと戦わなければならないというのに容赦がない。しかし、目の前の蘭華を説得するのがめんどくさくなったので頷いておいた。

だが、東京に行く前にどうしてもしなければならないことがある。

俺は自分が得た知識の中で使えそうなものをネットの掲示板に書き込んだ。

なるべく死者を出さないためにも、他の奴らも多少は戦えるようになってもらいたい。戦えるようになりすぎて、俺がやろうとしていることのライバルになられても困るのが難しいところだ。

書き込みが済んだら俺は仕方なく準備を済ませて、午後には電車に乗ることとなった。

蘭華はずっと俺に探索者はこうあるべしという心得を聞かせてくれている。

「東京じゃ俺はランカーなんだよ。わかるか。許可制になるまで、ずっとモグリでダンジョンに入ってたんだ。今、ダンジョンに入ってる奴には、ダンジョンを攻略する気なんてないんだぜ。俺のように命がけでやってる奴なんて、ほとんどいないんだ」

「あらそうなの。その割りにはずっとこっちにいたわよね。貴方の話はつじつまが合わないことが多すぎるわよ。それに経験があったとしても、周りの話はちゃんと聞くべきよ」

「だから、そんな腑抜けどもの話、どうだっていいんだよ」

その時「俺らが腑抜けだってよー」という声が後ろの方から聞こえてくる。

おおかた栃木でやっていて、これから東京に出て本格的にやろうという奴が同じ電車に乗っていたのだろう。

蘭華が声をひそめて言った。

「もう、この話はやめましょ。電車代は出してもらったけど、やっぱり私が出すわ」

「いいって、そんなの。それより、俺の言う事はちゃんと聞くんだぞ。ダンジョンは一つ間違えば命を落とすんだ」

俺は世界を救うために、やらなければならないことがあるのだ。だというのに、当然ながら蘭華にはそういう志がない。

「誰が腑抜けだってぇ？」

めんどくさそうな奴が話に割り込んでくる。やってきたのは、まさに田舎の若造といった感じの奴である。

「うせろ」

俺はアイテムボックスからナイフを取り出し、相手を睨みながらそう言った。

かかって来いと言う意味で言ったのだが、相手は顔を引きつらせて帰って行った。

「ちょっと、それはどういう態度なの。危険なことはよしなさいよ。あと、武器の携帯は許可されたけど、使用が認められたなんて話聞いたことがないわよ」

「いいか、戦いってのは常に命がけなんだ。命がかかってるのに法律もクソもないだろ。使えるものはすべて使って、かならず全力を出し切るんだ」

「そうなの。まあいいわ。それにしても、ずいぶん豪華な装飾のナイフね。ダンジョンでそういうのが出たら高いそうよ」

「ダンジョンで出た奴だよ」

「凄いじゃない。売らないの？　売ったらいいじゃないの」

俺が売らないと答えると、どうして売らないの、なんで売らないのとしつこく聞いてくる。いくら積まれても、価値に見合う金額ではないからだと説明したが無駄だった。らちが明かないので、俺は寝たふりをして東京までの時間を過ごした。

ダンジョン酔いは少し気分が悪くなるくらいで、この頃はだいぶ軽くなってきている。それでも冷や汗が吹き出てくる程度には苦しい。

蘭華に汗を拭きとってもらいつつ、介護されるようにして東京駅に着いた。

中央線から総武線に乗り換えて、代々木駅で降りる。ここから数分も歩けば、新宿のダンジョン入り口が見えてくる。周りには探索者向けの施設も多く、最近では安宿もたくさん建てられていた。ダンジョンの近くにはリサイクルショップが立ち並び、更衣室とシャワーとコインロッカー付きの施設などもある。蘭華に連れられてリサイクルショップの一つに入ると、LEDライトや迷宮産の素材で作られたコートなどが並んでいる。その中でも回復用クリスタル入れになっているポーチや、ダンジョン産の鉱石で作られた日本刀などが目に付いた。寝袋にマットなど、そんなものまで必要だろうかというようなものまで並んでいる。

コートはちょっと欲しいが、どう考えても鎧の邪魔になってしまって着られそうにない。

今はスペルスクロールがとてつもない値段になってしまっていて、一つは欲しいところなのだが、全財産はたいてアイスダガーごときを買うハメになってしまう。

蘭華は武器が欲しいようなことを言っている。武器なしでは、ダンジョンに入ろうとする気配もない。仕方ないので俺は、公園で露店をやっている村上さんの所へ行って、鞘付きで売っているレイピアを一つ買い戻した。

「あっ、お金はいいですよ。伊藤さんには贔屓にしてもらってますから」

「だけど鞘はわざわざ村上さんが付けたものだし、さすがにタダは悪いよ」

「いえ、今は革素材なら安いんですよ。木と革素材で簡単に作ったものです。業者の人に頼めば数分で作ってもらえますから」

俺はアイテムボックスから出したベルトとレイピアを蘭華に渡した。ついでにグローブとブーツも渡しておいた。

「これで気兼ねなくダンジョンに入れるだろ」

「そうね。こんな簡単に一式揃えられるものなのね」

まったくもって簡単ではない。どれも俺しか手に入れられない希少な一品ばかりだ。

その後は少し高めの宿をとって、俺はひたすら寝て過ごした。

何度か蘭華が携帯にかけてきたが、すべて無視して惰眠をむさぼった。

それで一日半くらい寝てたら、なんとか動けるくらいに気分がよくなった。

無法地帯

「それじゃ、いこうぜ」

「また一日も待たせたわね」

まずはダンジョンの近くにある更衣室を借りて装備に着替える。いらない荷物は、ロッカーに入れておけば追加料金を取られることもない。ロッカーを開けるのは指紋認証だから、鍵を無くして面倒なことになる心配もなかった。

俺は賢者のローブを蘭華に渡しておくことにした。服が破れたりして騒がれても面倒だったからだ。

それに、敵は近づく前に俺が倒すから、魔法くらいしか蘭華は攻撃を受ける余地がない。

「これもダンジョンで手に入れたものなのかしら」

「まあな」

ついでにレッドクリスタルも渡して、使い方を教えておいた。

こうしてみると、装備が揃った蘭華は出来る探索者に見えないこともない。

俺も使い込んだ鎧を着ているから、素人には見えないだろう。

俺は蘭華を連れてダンジョンに入った。

当然、スライムなどいる気配もなくて、人が列をなしているばかりだ。

レベル1の人は、これ以上奥に行かないでください、という協会が設置した看板より奥は人が少なくなっていた。

どんどん歩いてガーゴイルまでやってくる。今日はここまできてもかなり人が多い。

俺が掲示板に書き込んだ情報を見てやってきた人たちである。

上位チームがガーゴイルを排除しているから、リポップの可能性はあるものの、付近一帯に敵の姿はない。

この石塔は、ゲームのジョブシステムのような加護を授けてくれるのである。例えば目の前にある剣士の塔は、魔法が弱くなるかわりに体裁きと、魔装に補正を授かることができる。体力の回復に使用する霊力も緩和され、序盤はかなりの恩恵が得られるだろう。

俺は蘭華にもドラグーンの石塔から加護を受けさせた。成長が早くなるかわりに、体力、マナの最大値が半減する加護である。

俺は制限がかかるのが嫌で、低位の加護を受けるつもりはない。

例えば魔術の石塔なら、魔力が増えマナ回復の必要霊力が減るが、回復クリスタルが使えなくなってしまう。

パーティーを組んでしっかり役割分担しなければ、デメリットの方が大きくなるようにできていた。

俺がネットに書き込んだのは一昨日だというのに、ずいぶんと早く広まったものである。ある程度、加護の効果についても書き込んであるので、ドラグーンの加護を受けている奴はいなかった。

「もっと奥に行くぞ」

「待ちなさい！　これ以上奥に行くのは危険よ」

歩きだそうとした俺たちに声をかけてきたのは知らない女だった。背が高く、それなりにまとまった装備を身に着けている。

「何かあるのか」

「貴方たち見ない顔ね。この奥で人が殺されたという噂があるの。それにレックスが出るのよ。二人でなんとかなるような場所じゃないわ」

「余計なお世話だ。いくぞ、蘭華」

「そんな男についていけば死ぬことになるわよ。貴女だけでも、私の言う事を信じて引き返しなさい」

俺には何を言っても無駄だと思ったのか、背の高い女は蘭華に向かって言った。

ものすごく深刻な雰囲気を出しているが、俺に言わせれば笑い話だ。

「ご忠告ありがとう。でも私は、この男についていくわ。少なくとも貴女よりは信じられるもの」

「今、俺を信じられるとか言わなかったか」

「言ったわよ。あたりまえでしょ。じゃなきゃこんなところへ二人きりで来たりしないわよ。もし私に危険があったりしたら許さないから。覚えておきなさい」

ここでは信用する奴を選ぶ必要があることを、蘭華はわかっているようだった。

ここで安全の担保になりえるのは、自分の判断力だけである。相手の言葉に従う時、それは相手の判断に自分の命を預けているのと変わらない。

「大丈夫だよ」

「ねえ、ちょっと。大丈夫なわけがないわ。考えなおしなさい」

その女の言葉を無視して、俺は蘭華の手を引くと奥に向かった。

奥では、なんと有坂さんが崖の上でレックスを倒しているのに出くわす。

崖の上からレーザービームのような光が、うねうねとくねりながら敵を捕らえている。レックスのジャンプ力でも届かない場所をうまく確保しているようだった。

しかし、レックス相手でさえその戦術はすでに限界にきているように見える。

俺は有坂さんに軽く挨拶して通り過ぎた。

東京のダンジョンは横に広いから、こんなところで巡り合うのは奇跡的な確率である。まあ、この前一緒に来た場所だから、その時に崖登りしやすい場所の目星を付けたのだろう。

東京の周りに出来たダンジョンは、この一層目の段階ですべてがつながっている。とてつもない広さなのだ。

俺は段差を飛び越えられない蘭華の手を取って、さらに奥へと進んだ。

「ねえ、本当に倒せるのよね。私にはかなり無謀なことをしているようにしか思えないわ」

俺は大丈夫だと言って、歩みを速めた。

それでやっとレックスが現れてくれた。

腰に手を回してナイフを引き抜くと、飛びかかってくるレックスの動きがゆっくりになる。

蘭華の手を放して、現れた八匹のレックスを倒した。

「ほらな、倒せるだろ。常識にとらわれすぎなんだよ。レベルは上がったか」

「え、ええ……」

他の奴らがレックス狩りを始める前に、今ポップしている敵をすべて倒してしまいたい。最初からポップしている敵は、ドロップのレア率が高いような気がするのだ。図書館の知識にそういった記述はないが、体感的にそう感じている。

「魔光受量値にだけは気を付けておけよ。４０００を超えたら教えてくれ。絶対に見逃すなよ」

「ねえ、どうして残像しか見えないほどのスピードで動けるのよ」

「レベルが上がればこのくらい誰でもできるようになるよ」

「そ、そういうものなのね。でも聞いたことないわ」

それからレックスを４００匹くらい狩って回って、やっと蘭華の魔光受量値は４０００を超えた。

有坂さんに会った場所から、扇状に広がるレックス地帯を二十キロは走ったように思う。途中で、最初からこんなに飛ばして大丈夫だろうかと少し不安になった。俺だって最初の時は、そこまで数値が行かなくても死ぬほどの苦しみを味わったのだ。

俺は頭の中の知識から、一番の近道を通って地上に帰ろうとした。そしたら道の途中で、俺を狙ったマジックアローが後ろから飛んでくる。何事かと思ってそれを避けた。

最初、有坂さんあたりが冗談でそういうことをしてきたのかと思った。しかしそうではない。

「あっ、すみません」

現れたのは一人の男である。痩せぎすで、手足がひょろっと長い男だった。いやに血の匂いのする男だ。

猫目のスキルがなければ、避けることなど絶対に出来ない攻撃だった。視界の端でちらっと映ったのが、スキルによって視点が合って避けられたに過ぎない。

最初に蘭華が狙われていたら、と考えて、俺は一瞬で頭に血が上った。

「蘭華、後で追いつくから先に行け」

「な、なによ急に……」

「いいから」

「もうっ……」

俺が行けという仕草をすると、蘭華は不承不承ながらそれに従って走り始めた。

「ちょっと魔法がさ、暴発しちゃったんだよね」

「そんなわけあるかよ」

言い訳にもなってない。こっちは、すでに逃がすつもりなど毛頭なかった。

俺は油断なくその男を見据えつつ、視線を動かさないように両手剣を取り出した。

俺がアイスランスを放つと、男はあっさりとそれをかわした。

余裕のある笑みで、真っ赤な唇の間から白い歯を見せる。

「人を殺すとさ、レベルが上がるんだよね。そりゃもう、モンスターなんか倒すのが馬鹿らしくなるくらいにさ。自信があるみたいだけど、果たして勝てるかな。それに、先に行かせたって無駄だよ。ここからでも僕の魔法は届くから」

男は両手にマジックアローのエフェクトを発生させる。光で出来た弓を引き絞るような仕草を見せた。

レベル20近くはあるだろうから、それだけの魔力から放たれた魔法を食らえば蘭華は間違いなく命を落とす。

「武器を捨てるんだ。そうすれば、あの上玉は逃がしてもいい」

馬鹿なことを言うものだ。こんな無法地帯で武器を手放せば、相手の思い通りになる以外ない。そんな取引で何人殺しているのか知らないが、男は俺が武器を捨てるのを待っているようだった。

俺に武器を手放す気は微塵もない。何があろうと、俺が死ぬ時は全力で戦った後だと決めているからだ。だから、そんな脅し行為は、ただ隙を晒しているだけにすぎなかった。

俺はアイスランスを放つと同時に、左手でナイフを引き抜いて相手の後ろに回り込んだ。相手の視線は俺を追いきれてないのが丸わかりだ。

俺は両手剣を右手で横なぎに振るう。

「なっ」

男の足首だけが、その場に取り残されて宙に浮いていた。

俺は両手剣を捨てて、上に飛んだ男の後を追う。

クリスタルが砕ける赤い光が舞うと、装備のない白い足が暗い洞窟内に現れた。

「あの女の子がどうなってもいいのか」

「無法地帯で武器を手放すのと、俺が自分でアイツを殺すのと何が違うんだ」

こいつの言い分は、二人とも黙って殺されろと言っているにすぎない。最初から交渉の余地などないのだ。

それに相手が見えていないのに魔法が当てられるというのは、どう考えてもはったりだ。

男は俺に勝てないと踏んだのか、蘭華が行ったほうに走り始めた。人質に取って使うつもりだろう。

しかし俺が追い付いて、男の背中にナイフが突き刺さる。

背骨ごと貫くはずだったナイフは、変な抵抗を受けて致命傷をそれた。

それが魔装と体力による恩恵だろうか。

俺は姿勢を低くして男の脇にまわり、心臓を狙って再びナイフを突き入れる。いやな感触だった。

今度は血が噴き出して、男は数歩進むと両膝をついた。

「なんだ、同類だったか……」

男には、後悔も死に対する恐怖もないように見えた。まるで感情が感じられず、昆虫を相手にしているようだ。これならまだモンスターの方が共感できる。

男は俺の強さを、人を殺して得たものだと思ったようだった。それに、ためらいがなさすぎるように見えたとしてもおかしくはない。だがそれは最初からこうすると、人殺しが出るという話を聞いた時から決めていただけだ。

崩れ去っていく男を見ていたら、蘭華のことが心配になった。あいつを先に行かせたのは、殺した時の経験値を吸わせないためでもある。もしこいつの魔力が蘭華に入れば、魔光受量値がラインを越えて体が耐えられない。

男の体が崩れ落ちると同時に、男のアイテムボックスに入っていたであろうアイテムが地面にばら撒かれた。そこには武器が大量にある。トロフィーとして、被害者が身に着けていたものを集めていたのだろう。

俺はアイテムの中から、希少品である暗躍のローブだけを拾って両手剣を回収すると、蘭華が向かったほうに走った。

さっきの塔がある広場まできて蘭華を見つける。その時、ちょうどガーゴイルがリポップして、蘭華に向かってファイアーボールを放った。

やばいと思って、俺はナイフを引き抜き走った。なんとかファイアーボールに蹴りを入れて、その炎を自分に食らう。そのまま体を炎で巻かれながら、高い岩の上にいるガーゴイルにアイスランスを放った。

ひと一人のレベルを上げるというのは、かなり大変な作業だった。神経を使うし、疲れるし、自分まで危険にさらすことになる。失敗したら死んでしまうのだから、今のは本気で焦った。

「大丈夫か」

「すごく危なかったわ」

ふてぶてしい態度で蘭華が言った。腹の据わった女である。恐怖におびえたような様子はない。

なんだか俺が責められているような気がしたが、蘭華に文句を言うような素振りはない。

もともと命がけであることは理解していて、自分の中で折り合いをつけている感じだ。昔から意志の強さと決断力だけは、誰よりもある女だった。

ダンジョンから出ると、疲れた顔をした有坂さんと出くわした。

「恋人かな」

「パーティーメンバーですよ。自分のチームに入れるつもりです」

「ほう、チームを作る気になったかね」

「ええ、有坂さんも入りますか」

「もちろんだとも」

「私は聞いてないわよ」

「言ってないからな。とりあえず、こいつのレベルを上げようと思うので、それまでは有坂さんも単独でレベル上げをしておいてください」

「うむ、それにしてもすごいね。岩の間を縫って泳ぐ魚みたいなスピードでレックスを倒していたじゃないか。あのスピードはなんの能力なんだい」

「このナイフの力ですよ」

今のところパーティーメンバーとして有力なのは有坂さんくらいだろう。有坂さんは魔術師の加護を受けたと話していた。なので俺はマジックワンドを有坂さんに預けておくことにした。

これでレックスを狩っていれば、格下狩りになるから霊力も溜まるはずである。霊力は自分よりも弱いやつを倒していれば、ある程度は稼ぐことが出来る。

「そのナイフ、もし売れれば億は軽く超えるだろうね」

「でしょうね。でも、これがあればもっと大物を見つけられますよ」

「売りましょう！　ねえ、売りましょうよ！」

「売ったとしても、お前の分け前はないぞ」

その言葉に蘭華はシュンとなった。

俺はダンジョンを振り返って、今日は悪夢を見るだろうかと考えながらホテルに戻った。

新宿一層

「もっと魔法を使ってモンスターを倒すんだと思ってたわ。それにしても剣治にはこんな才能があったのね」

洞窟で会った男のことについては、わざと話題から外してくれている。蘭華も怖かったのだろう。今になって声と足が震えていた。とりあえずこれから二日間は動けもしない程に苦しむだろうから、あとで食べ物でも買って行ってやろう。俺も疲れたので、ホテルで自分の部屋に入るとひと眠りすることにした。

何故か悪夢を見ることはなかった。あんなのはモンスターよりもモンスターに近い存在であるから、罪悪感も湧かなかったのかもしれない。

そして起きたら村上さんの元に向かう。なんせレックス四百体分のドロップがあるのだ。

俺は村上さんのところに行き、裏庭ダンジョンのドロップと、レックスからの服のドロップを積み上げた。革のズボンとジャケットだが、凄く伸びる素材である上に、サイズも関係なく誰でも着られるようになっている。

価値のないスキルストーンも大量に出ていた。それに恐竜の肉という、食用肉も大量にある。いつか地上の食肉業者はいなくなるのではないかと思えた。

「全部売りですよね」

「うん。それで、アイテムボックスのスキルストーンと、剣術系と魔法系のスキルストーンかスペルスクロールを、適正価格で仕入れてもらえないかな。予算的には今日の買取価格くらいでお願いしたい」

「わ、わかりました。とりあえず時間をください。石とスクロールも、あとで届けますからホテルを教えてもらえますか」

俺はホテル名を伝えて店を後にした。どうせ動けなくてつらい思いをしているだろうと、コンビニに寄って蘭華に食べ物を買ってから帰った。

蘭華の部屋をノックすると、死にそうな顔をした蘭華が顔を出す。

「生きてたか。食べ物を買って来てやったぞ」

「私、栃木に帰ろうと思うのよ。とてもやっていけそうにないわ」

いきなりのリタイア宣言である。目の周りにクマを作り、化粧もしてないから昔の蘭華に戻っている。

確かに最初の魔力酔いは地獄を見るが、だんだんマシになるのだ。

「なに言ってるんだよ。ダンジョンで一獲千金は、お前が言いだしたことだろ。それに昨日だけでめっちゃ儲かったんだぞ。ここで帰るなんてもったいないって。ほらお前にも分け前やるからさ」

「どうせ訳のわからない物を買えって言うんでしょ。いらないわ。私は帰る」

「お前が買いたいものに使えよ。俺が買って来てやろうか」

新宿というのは便利なところで、こんな俺でも簡単に蘭華の言うバッグを見つけることができた。軽く車が買えるくらいの値札が付いているのだが、何かの間違いだろうか。子供の頃、アイスの当たり棒をあげたら飛び上がって喜んでいた女の子が、まさかこんなものを欲しがったりするようになるなんて信じられない。値札を眺めながら、思わず走馬灯のような光景が見えた。

俺は確認のために電話をかけたが、それを買ってこいの一点張りである。まあ探索を進めればこんなものとは比べ物にならないお宝が手に入るのだ。

俺がしぶしぶ買って帰ると、蘭華は笑顔とも何とも言えない顔をした。

「本当に買ってくるとは思わなかったわ」

「ほら、ダンジョンは儲かるんだぞ。もう少し俺に付き合えよ。でもこんなわがままを聞くのは一度きりだからな。それにしたって、さびれた蕎麦屋の倅にこんなもの買わせてさ。お前の良心は痛まないのかよ」

「なによ。ダンジョンでやりたいことがあって、それを私に手伝わせたいんでしょ。剣治の考えなんてわかってるのよ。だったら、このくらいで恩着せがましいこと言わないで」

「ほら飯だ。これを食べて二日くらい大人しくしてろ」

ダンジョン酔いが辛い間は、心が折れそうになるのもわからなくはない。俺は寝ることで苦痛から逃れたが、蘭華はいきなり魔光を浴びすぎて寝ることすらできなかったようである。

俺のようなドーパミン中毒にはならないだろうから、動機を持たせるのが難しい。呆然とバッグを見つめながら、なにやら一生懸命考えているようである。現実の苦痛と欲望が戦っているのだろうが、ここでやめるなんて言い出されては予定が狂う。

俺の魔光受量値はすでに１０００を切ってるから、半日ほど休んでからダンジョンに行こうと思っていた。

半日休んで蘭華から賢者のローブを回収し、下に降りる。ホテルを出て、更衣室の前にできた列に並んだ。

夜だというのに行列が出来ている。

協会の壁の穴がどうだとか、俺のことを噂している奴らがいた。あの講義室での講習は続いているから、噂として広まっているのだ。

俺はなるべく気にしないようにしていたが、かっこいいとか噂してる女の子までいて、だんだんと緊張してきて、奥にある自動ドアが遠く感じられる。

列で待っているうちに吐きそうなほど緊張してきて、早く中に入りたくなった俺は、トイレの前の通路を通って行こうと考えた。そういうふうにショートカットして入っていく人もいるのだ。

トイレの方はドアノブの扉を開けて中に入るのだが、俺は緊張のあまり鍵がかかっていた鋼鉄製ドアのノブを力ずくでねじ切ってしまった。そしてドアが開かなくてパニックになり無理やり引っ張ったら、ドア枠がギコンと鳴って曲がってしまった。これはまずいと誤魔化そうとしたが、どういうわけかドアが閉まらない。

なんとか失敗してない風を装おうとしたのがまずかった。ドアを閉まった位置に無理矢理固定しようとして、蝶番の部分を壊してしまう。そのままにしておけば危ないから、仕方なく俺は苛立ちまぎれにドアを引きちぎって、修理費を払うことにした。

かっこいいという声援はいつの間にか聞こえなくなって、沈黙が針のムシロである。またこれで噂の種を一つ与えてしまったなと考えつつ中に入る。

有料の更衣室を運営している店の店長は、お金を払うと苦笑いで許してくれた。

更衣室に入って、新しく手に入った革の服を着てみると、魔法によるサイズ調整の機能は大したもので、かなりの厚みがあるのに、ほとんど意識させないくらいの着心地だった。

ブーツに手袋、鎧、ローブを着こんで、ナイフを腰に取り付けると更衣室を出た。

昨日もそうだったが、こんな格好をしてるやつは一人もいないから目立ってしょうがない。みんな古ぼけた服に毛皮のコートを着て、武器を一つくらい持っているのが標準である。

ガーゴイルがドロップする毛革から作られたコートは、かなりワイルドな風貌である。しかし、あれが快適だとかいう話で、非常に高値で売られていた。

俺が大量に出した革の服も、村上さんが頑張って売っているらしく、上下セットですでに出回り始めていた。

なんせ二百着くらい出したのだ。いい金になるから、今日もレックス狩りをしてもいいが、俺のレベルを上げるには無数に狩りまくる必要がある。それに俺としては、もう少し手ごたえのあるやつと戦いたい。

レックス地帯から五キロは歩いた頃、やっとハイゴブリンが現れた。

またこいつらの相手かと嫌になるが、裏庭ダンジョンにいたのよりも少しだけ手ごわい。相変わらずファイアーボールと弓、それに近接武器である。

適当に倒して回るが、魔光量的に経験値は良くなさそうだ。

俺はここで下に行く階段を見つけなければならない。

それにしても、地図を見ながらでも戻れなくなりそうな入り組み方だった。

俺の頭の中にある地図は、この世界が地球に来る前のものだから、位置関係くらいしかあっていない。おそらく地球に現れた時に、崩れたりずれたりしたのだろうが、その位置関係もかなり変わってしまっている。もしかしたら埋まってしまった場所もあるかもしれない。

ハイゴブリンが槍と盾、それに弓を落としてくれるのはありがたい。そしてファイアーボールとアイスダガーのスペルスクロールも落ちる。あとは加護の影響で、剣やら斧やらの近接武器がまともな値段で売れるようになったかが重要だ。よほどのことがない限り、パーティーで役割分担するのが一般化するだろう。そうなれば加護によるボーナスが様々な武器に与えられるから、使用される武器は分散するはずだ。例えば敵に近づけば近づくほど武器の威力が上がるとかいった加護もある。

行きつ戻りつしながらレックスとハイゴブリンを倒しつつ十時間ほど歩きまわったが、下に降りる階段は見つけられなかった。図書館の情報よりも数キロ単位でずれているようだ。

仕方なく、安全そうな場所を探し大円天幕を出して一休みすることにした。天幕の中は、中心にたき火ができるようになっていて、ベッドが置いてある。そして、どういうわけか外の気配がわかるようになっていた。

火は特に燃料などなくてもつけられるが、あまり使いすぎるとガス欠になって高エネルギー結晶体が必要になってしまう。

新宿二層

外に敵の気配がして目が覚めた。

寝袋から抜け出した俺は、そのまま敵を無視して焚き火でラーメンを作って食べ、コーヒーまで入れたが、敵がこちらに気付くことはなかった。

この天幕に付いているカモフラージュ機能は大したものである。ある程度のものはダンジョン産でなくても入れておけるのがいい。

保温機能付きの無限水瓶も、バスタブくらいある水桶をペットボトルサイズにして重さも感じずに持ち歩ける。魔法技術によって作り出された宝物の中では、あまり大したことがない部類だが、そのうち必要になるかもしれない。

宝物庫に行けば高エネルギー結晶体と、宝物や武器が残されているだろう。

宝物の中には叡智の泉や神秘の眼など、俺が得た知識の一部を手に入れられるような物まであるから、俺ものんき気に攻略している暇はない。

武器として使っても強すぎる宝物は多数あるし、人を殺して大量に経験値を得る方法まである。それらを得られる奴が出てくるのは当分先だろうが、容赦のないヤツほど攻略が進みやすいのが怖いところだ。

それから三時間ほどの捜索で、下に続く階段を見つけた。階段の先で現れたのは、三つ足の大きなカラスのようなモンスターだった。そのカラスのオレンジに光る眼に睨まれると、足元から炎の奔流が吹きあがる。賢者のローブとオーラによって、なんとか耐えるが、追いかけてくる炎を防ぐ術がない。空中発火の能力といったところだろうか。

炎に巻かれながら、飛び上がって三つ足のカラスを倒した。鳥だから骨は薄いし、手が届けば殴り殺すこともできる程度だ。それでも俺のレベルが低い魔弾では、倒すことが出来なかった。

高温で焼かれた自分の皮膚から嫌なにおいがする。それに鎧の下に着ていたナイロンの服は、すべて燃えてしまった。

レベルと霊力が上がり続けているおかげで、高いところにいたカラスにも飛び上がって切りつけることができた。最近ではジャンプしてみれば意外と届くという事も多い。

俺は殺した男から手に入れた暗躍のローブに着替えて、姿を消してからカラスを襲う方法に切り替えた。

一旦攻撃してしまうと、また姿を消すのに時間がかかるが、これならカラスを倒すのに苦労がない。不意を突いて襲い掛かるには、これ以上ないほどのアイテムである。

こんなものを手に入れてなければ、あいつも人殺しなどしなかったのだろうか。息遣いが聞こえるほど近寄っても気付かれないというのは、あまりにも一方的過ぎて、相手の存在をもてあそんでいるような気分になる。

何匹か倒しているうちに最初に減らした体力は回復できた。

もう一階層降りられるだけレベルを上げなければならないが、カラスでは効率が悪い。ドロップも布切れと、使い捨ての鑑定オーブになる眼玉だけである。

さらに二時間ほど奥に進んだ。

その奥にいたのは三メートルほどもあるゴーレムだった。剣の切れ味が落ちるのは嫌だから、なるべく根元の方で切りつける。それでも敵が受けるダメージより剣が受けているダメージの方が大きそうで、途方に暮れるしかない。

俺は魔法のごり押しでなんとか倒した。動きが遅いからどうということはないが、アイスランスを四発も食らわせなければならないのはかなり消費が大きい。一体倒すのにブルークリスタルを一つ消費してしまう。

倒しきったらゴーレムは安っぽいローブをドロップした。

もう少し倒しておこうと思って、ゴーレムを倒して回った。

そこでメラカナイトの両手剣というアイテムを手に入れた。刀身の長い半透明で赤紫色に光る氷のようなぶ厚い刃を持つ大剣で、切るというよりは破壊するためのものだ。尖ってはいるが、刃と呼べるようなものはついていない。もはや地上に存在する剣の概念を超えそうな何かだ。それでもこん棒と呼ぶよりは、剣の方が近いというようななりをしていた。

試しにゴーレムを殴ってみると、割と簡単に倒すことができた。動きの遅い相手に魔法を使うのはもったいなかったから、その点ではありがたかった。

そのままゴーレムを倒しているうちに魔光受量値の限界に来てしまったので、引き返さなければならなくなった。

レベルは順調に上がっている。

どうしてだろうと考えたら、モンスター以外も倒していたことを思い出した。

伊藤　剣治
レベル　28
体力　1241／1241
マナ　1194／1194
魔力　241
魔装　312
霊力　22654
魔弾（13）　魔盾（9）　剣術（19）　オーラ（21）
アイテムボックス（17）　猫目（18）
アイスダガー　ファイアーボール　ブラッドブレード　アイスランス
魔光受量値　3542

これなら率先して、探索者狩りをやる奴がいてもおかしくない。もちろん一人でやっては、ソロで攻略してる奴くらいしか狙えないし、レア装備でもない限り勝てるとも限らないのが唯一の救いだ。

これからは、一般人の探索範囲が広がるにつれて、より探索者同士の争いが激しくなりそうな予感がある。

帰り際に、レックスと戦っている自衛隊に出くわした。公務員という言葉が似つかわしくないくらい粗野な感じがするのはなんでだろうか。

暗躍のローブを着ていたために気付かれることなく近寄ることができた。

ダンジョンに入っている自衛隊員は全員志願した者であり、士気も高く、最も効率を重視して動いているという噂である。

ダンジョンにいる人の中で、彼らだけは唯一金銭目当てではない。純粋に深層への踏破だけを目標にしているから、レベル上げの効率しか求めていない。

身分を隠したいのか、階級を表すようなものは身に着けていなかった。

剣と盾を持った前衛に、槍を持った中衛、そして魔法を使う後衛が複数である。彼らは遠くから魔法で崩すスタイルを最初に捨てたパーティーだろう。ガーゴイルあたりではまだ、遠距離を使って倒すのが主流だった。声を掛け合っているし、連携にも無駄がない。

とりあえず彼らに負けないチームを作ることが目標になるなと思った。

俺は地上に戻って、村上さんのところで出たアイテムを売り払う。

値段はまずまずで、東京にいる間の生活費くらいは余裕でまかなえる額になった。

蘭華の様子を見に行くと、やっと寝られるようになったらしく、寝ぐせだらけの髪で俺を出迎えた。

「やっぱり栃木に帰りたいわ。こんなに辛いなんて知らなかったのよ」

「いや、お前をあんな田舎で腐らせとくのは惜しいよ。それに辛いのは最初だけだぜ」

「まあいいわ。もう少しだけ様子を見ることにするわよ。剣治一人じゃ心配だものね」

「面倒見のいいおばさんかよ。俺には何の心配もないだろ」

「一人にしたら、死なばもろともみたいな感じで無茶するでしょ」

死なばもろともでいいではないかと思っているので何も言い返せなかった。思い返せば、俺はここまで、どんなふうに死にたいかでやってきたように思える。

しかし、仲間を作った以上は、そんなやり方は捨てなければならない。

世の中には世界を支配するため、ダンジョン攻略に取り組んでいる奴らだっているのだ。そいつらと本気で勝負しなければならない。ヘタに動けば蘭華や有坂さんの命まで危険にさらしかねないのだ。

そんなことをうだうだ考えながら俺はホテルで一日寝て過ごした。

パーティー

魔力酔いが無くなったところで、蘭華を連れてレックス狩りに行き、今度は何匹か蘭華自身にも倒させる。

すでに霊力が２０００あるから、ナイフを渡せば倒せないこともない。器用にレイピアとフロッティの二刀流で戦っている。

剣術とアイテムボックス、それにオーラのスキルは覚えさせた。あとはアイスダガーとファイアーボールも高いながら覚えさせた。

アイテムボックスの石でさえ、今では蘭華が欲しがったバッグよりも高くなっているのが不思議だ。いったいどこからそんな金が出てくるんだというような金持ちはいるらしい。

賢者のローブは蘭華が使いたいというので、俺はゴーレムから出た黒いクロークを着ていた。革の服を着た蘭華は、体のラインが出すぎていて、変態にしか見えない憐れな姿だったので仕方がない。ラバースーツかなにかを着ているようにしか見えなかった。黒い服の隙間から見える白い肌に、この俺でさえ変な気分になりかけたほどだ。

ポニーテールを揺らしながら戦う姿を見ていると、娘の成長を見ているようで微笑ましい気持ちになった。まだドラグーンの加護を受けているから、あまり無理はさせられない。喋らなければ可愛げのある姿に見えた。

「なに見惚れてるのよ。いやらしいわね。次は剣治の番よ」

口を開けば人のことを何と思っているのかわからない本性が露呈してしまう。性格は悪い癖に、やたら体つきだけはいいから嫌味な女だ。こんな感じで、お互いがお互いのことを手下か何かだと思っているから、昔から馬が合わないのである。

今は、敵を見つけて数を減らすのが俺の仕事だった。

敵を探すにしても、蘭華はまだ段差を飛び越えられないから、俺が手を引いてやらなければならない。

引かれる腕が痛いと苦情を言われるが、他の場所に触れれば何を言われるかわからない。

誰に会うこともなく、朝から夜までひたすらレックスを相手して過ごした。

外に出る頃には、すでに夕方だった。

汗を流したら着替えて、ひと眠りしたら俺だけまたゴーレムを相手にする。

三日後、もう一度レックス狩りをしたら、蘭華はレベル16になった。

そしてドラグーンの加護から剣士の加護に切り替えさせる。

武器はゴーレムから出たチェーンソードを蘭華に持たせた。槍でもよかったが、剣術の石を使っているし、軽いから蘭華にはこちらの方がいいだろう。刃が付いた鞭のような武器だが、システムとしては剣の扱いである。

俺はやっと鈍器のようなクリスタルの剣に慣れてきた。

俺が村上さんに売っている革の服は好評で、日本だけでなく世界から買い取りの依頼があるそうだ。そのおかげで村上さんは新宿に支店を開けるほど儲かっている。俺の方は買いたいものの売りもなく、蘭華の無駄遣いくらいにしか出費がない。

そして今日は有坂さんと合流して、一緒にやる予定である。

待ち合わせの場所には相原までやってきた。

「こっ、こっ、この、女性はどちら様れすか」

「佐伯蘭華です。今日はよろしくお願いします」

蘭華を見るなり挙動がおかしくなった相原に、別人としか思えないほどの猫をかぶった蘭華の挨拶である。

有坂さんは落ち着いた様子で「よろしく頼むよ」と言った。

「ぼぼぼ僕は魔法戦士兼サブタンクという立ち位置でやっていきますので、よ、よろしくお願いします」

「魔法戦士ってのはなんだい」

そう聞いたのは有坂さんである。当然の疑問だ。

「距離を保ちつつ槍と魔法で攻撃するスタイルですよ。有坂さんは遠距離魔法職ですから、僕より前には出ないでくださいよ。前に出てって死なれても責任持てませんからね」

大きな槍を持ち、猪八戒にしか見えない男は、有坂さんに対して横柄な態度だった。

本当にそんな器用な戦い方ができるようには思えない。

「もちろん僕は伊藤氏のカキタレに手を出すほど無謀ではないので、ご安心ください。ミヤコ嬢一筋ですし、そこら辺のことはわきまえています」

猪八戒は俺の耳元でそんなことをささやいた。

「誰が……誰の……何、と言ったのかしら……」

それを蘭華に聞きとがめられて睨まれると、それきり相原は下を向いてしまった。

はっきり言って、連携が生まれそうなチームではない。

相原は自分のチームのためにスペルスクロールを買いたいらしく、最近羽振りがいいとの噂を聞きつけて俺に連絡してきたのである。俺は有名になりすぎて、行動が逐一ネット上にあげられるようになってしまっていた。

今日は連携を確認するためにハイゴブリンを相手にする予定だった。

群がってくるレックスを、先頭に立った俺がなぎ倒しながら一直線に奥を目指す。アイテムは周りが拾ってくれるから楽でいい。

ハイゴブリン地帯に入ったら、相原に言われた通りに、俺は魔弾とアイスダガーで先制攻撃を放った。そうすると敵のターゲットを自分に向けることができるという。確かに相原の言う通り、敵は俺に群がってきた。

俺は力任せに剣を振って、そいつらを真っ二つに叩き切った。

剣の特性でハイゴブリンたちは、はじけるようにしてバラバラになる。

返り血を浴びるが、それは黒い炭になって剥がれ落ちた。

「全部を伊藤さんが倒していたら、我々に獲物が来ませんよ」

「奥に行くか。広いところなら敵がもっと群がってくるだろ」

さらに奥に進み、少しだけ見晴らしがよくなっている場所を見つけた。

思惑通り敵が群れでやってくる。

ハイゴブリンが使ってきたファイアーボールを、相原は練度の高いマジックシールドで防いだ。蘭華は宝剣のナイフを使ってうまいこと回避している。ファイアーボールを食らったのは俺だけだ。

ちゃんと戦えそうなのを確認して、俺は敵の群れの中に飛び込んだ。ファイアーボールで減らした体力は、剣の一振りで回復する。剣を振る合間を縫うようにして掴みかかってくるゴブリンは、引き倒し、首を踏み潰して倒す。レベル差がありすぎて敵にもならないが、それでも楽しかった。

まだ完全には、この重たい剣を使いこなせてはいない。

蘭華も慣れない武器で戦っているが、倒せない奴は有坂さんがちゃんとフォローしている。

相原は闇雲に槍を振り回していて危なっかしい。

それでもノーコストで撃てる魔弾で、ゴブリンのバランスを崩せるから、一対一なら戦えないこともない。

使い込んでいるらしく、相原の魔弾はそこらの魔法攻撃くらいには威力があるし狙いが正確だ。

「こんなに敵を近くで見たのは初めてだ。凄い迫力だね」

「有坂さん、のん気なこと言ってないで、僕の方もちゃんとフォローしてくださいよ！　今のやばかったでしょう!?」

相原も有坂さんも、蘭華と何も変わらない。

俺が動けなくなった時点で全滅するしかない状況に、少しだけ怖くなった。

皆は逃げ回っているばかりで攻撃出来ずに、一匹に時間をかけすぎている。多少はリスクを取らないと攻撃なんて不可能だ。

「回復クリスタルは持ってないのか」

「ありますよ。でも高価ですからね。使わないに越したことはないでしょう」

ハイゴブリンを百体も倒すと、オレンジクリスタルがドロップした。それを相原に持たせ、蘭華と有坂さんにも俺から渡しておく。三人のレベルなら、一つあればなんとか急場はしのげるだろう。

裏庭ダンジョンに行かなくなってから、クリスタルが凄い勢いで減り続けているのが心配である。

飯時になったら疲れて横になりたくなったので、大円天幕を出して休んだ。

三人には、目を丸くして驚かれたが、宝箱から出たのだと話したら納得してくれた。

「それって、空飛ぶ絨毯が出たのと同じものよね」

「ああ、たまにモンスターからもドロップするらしいな」

「モンスターからもって、それ以外の入手方法を知ってるみたいな言い方ね」

「ま、まあ、そういうこともあるんじゃないかってことだよ」

ドロップは倉庫などに入っていたものが、試練の遺物によって取り込まれたものである。

宝物庫は宝物、武器庫は武器防具、研究所はクリスタル、大神殿はスペルスクロール、厩舎は使役魔獣、練兵場はスキルストーン、倉庫は食料などだ。

それらが試練の遺物によってドロップさせられているらしい。らしいとなるのは、試練の遺物がどう動く物なのかという記述が、大図書館の知識の中にまったくないからだ。

だから宝物庫や武器庫、厩舎などに行っても、何もない可能性はある。

試練の遺物に関してはろくに資料がなくて、大図書館でもあいまいな情報しか得られない。

使役魔獣はあまりにも数が少ないから、出たという話が聞こえてこない。

大神殿と研究所、主郭だけは、どうしても俺が抑えなければならない。

蘭華

休憩を終えて六時間ほどやったら、三人とも魔光受量値が限界になった。

人数が多いから、必要な数の敵を探すだけでもかなり時間がかかった。

「まさに悪鬼のような戦いぶりでしたね。剣の一撃が、まるで大砲みたいでしたよ」

と言って、帰り道で相原が敬意のこもった眼を俺に向けた。あんまり褒められている感じはしないが、悪意はないのだろう。最後の方では、こいつも周りを見るくらいは余裕があったらしい。相原に憧れを含んだ視線を向けられると、悪寒が走るのはなんでだろうか。

きっと狂気の多寡で言ったら、こいつも俺とそんなに変わらない。

「私も長いことやってるけど、一度でこんなに霊力が上がったのは初めだよ。これなら伊藤君の強さにも納得だね」

二人は凄く喜んでいるが、このやり方にも問題はある。短時間でやりすぎると、どうしてもスキルの成長がついてこないのだ。大図書館で調べても、スキルの成長を助けるような加護はなかった。

二人はまだいいが、特に蘭華はスキルレベルが足りていない。だから、なるべく早く必要なスキルを揃えてやらなければならない。

ダンジョンから出たところで解散となったのだが、相原にご飯おごりますよと言われて飯屋に連れていかれた。

どう考えても俺たちには不釣り合いだと思われる高そうな店に案内される。探索で稼いでいる相原にとっては大した額でもないのだろう。しかし、慣れてないというか、馴染んでいないのは丸わかりだ。

当たり前のように酒を頼んでいるが、こいつはちゃんと成人しているのだろうか。

「今日は稼がせてもらいましたよ。ぜひとも、もう少しお願いします」

「なんかその言い方だと、悪代官にでもなったような気分になるな」

「越後屋かなんかに見えますか。僕は伊藤さんと知り合えて幸運でした」

「チームの方は放っておいていいのか」

「いいといいますか、なんといいますか。最近、行き詰まってましてね」

相原は、なんだか自分のチームについて不満があるような口ぶりだ。しかし、リーダーというのが気を使う立ち位置なのは俺にも理解できる。

「それよりも、伊藤さんは佐伯さんと付き合っているわけではないんですか」

「あんな奴と付き合えるわけないだろ」

「それは高嶺の花という意味じゃないですよね。それにしては、お二人の距離が近いように見えますが」

やけに突っ込んだ質問をしてくる。

実は、一度だけそんなような話になったこともある。しかし、どうにもうまくいかなくて有耶無耶のうちになかったことになっているのだ。蘭華に付き合ってみようと言われて、なんとなく了承したものの上手く行かずに、自然消滅のような形になっている。

そんな昔話を、相原を相手にとうとうと語ってみた。

「それって、まだ付き合っていると、言えなくもないですよね」

「むしろ付き合ったことはないと言った方が正確だろ。だいたい、あいつの尻に敷かれてたんじゃ、俺の人生が滅茶苦茶にされちまうんだよ。親分気取りであれしろこれしろとうるさいからな。昔からそうなんだ」

「そんなの、ただのツンデレじゃないっすか！！！」

相原の声の大きさに驚いて、俺は飛び上がりそうになった。

「どうしてそうなるんだよ。それに、人間がそんな類型に当てはまるわけないだろ」

「伊藤さん、さすがにそれははっきりさせておかないと酷いですよ」

「なに言ってんだ。はっきりって、今から蘭華のところに行って正式に別れようって言うのか。殺されるよ、そんなことしたら」

「佐伯さんの何がそんなに気に入らないというのですかッ。もったいないッッッ！」

「こんな店の中で、いきなり慟哭するなよ。びっくりするだろうが。いいか、それまでずっと友達みたいなもんでやって来たのに、いきなり付き合うって方がおかしいだろ。気恥ずかしいから言いたいことも言えないし、お互い遠慮がなさ過ぎてすぐ言い合いになるんだよ。しかも付き合って話になってから疎遠になるまで、一瞬だったんだぞ」

「アンタ、クズや！　ホンマもんのクズや！」

「おい……、いいかげんにしろよ。お前に何がわかるんだよ」

「そんなの佐伯さんの目を見ればわかるんすよ！」

なぜか相原は泣き出してしまった。俺としては途方に暮れるしかない。

分不相応な店で猪八戒みたいな男と、恋愛について話しているという状況が絶望的だ。

言いようのない居心地の悪さを感じる。

相原のおごりだから、こうなったら目一杯食えるだけ食ってやろうと山ほど注文した。

そしたら、どこからともなく有坂さんがやってきた。

「ちょっと相談したいことがあって来たんだけど、いいかな」

「有坂さん！　この人、クズなんすよ！！！」

この野郎と思うが、周りの迷惑になるので仕方なく二人で相原をなだめにかかった。しかし、相原は俺に罵詈雑言をまくしたてるだけでどうにもならない。

「かわいい幼馴染と付き合うなんて、男の夢じゃないですかあぁぁぁあああああ！」

「そんな良いもんじゃないって話したところだろ」

「さっきまで憧れてたのに、見損ないました！」

「俺だって、お前に好かれたかないよ」

「まあまあ、二人とも落ち着いて。さっきまで仲良くしてたじゃないか」

その後は相原と競争するように飯を食べて二人と別れた。

過去のことに関しては俺にも非があるのはわかっているが、ああまでクズ扱いされるのは納得できない。だいたいあの頃の俺は若かったのだ。青春の過ちなんてものは誰にでもある。

つまらないことを話したものだと考えながらホテルに戻った。

ホテルの廊下で会いたくない顔を見つけた。

「自分だけ贅沢してきたのね」

「自分の姿を鏡で見てみろよ。頭の天辺からつま先までブランド品だぞ」

「お褒めにあずかり、ありがとう。そうよ、私自身もブランドなの」

「……疲れてんだよな」

「なにか食べ物でも買ってきてあげましょうか」

「いらない」

変に意識してしまい、うまく言葉が出てこない。

俺は自分の部屋に戻って数時間寝てから、ゴーレム狩りに向かった。

それで十分なだけゴーレムを狩って来て、ホテルの部屋で丸一日寝込んだ。

さすがにレベルが上がってきたおかげで、魔力酔いもほとんどない。

※

今度は四人でゴーレムを目指すことにした。

ハイゴブリンを四人でやっていると、どうしても経験値が足りないからだ。俺が暗躍のマントを使って偵察すれば、カラスは相原の魔弾と有坂さんの魔法でなんとでもなる。

そしてゴーレム地帯までやってきた。

四人で攻撃を加えると、ゴーレムは簡単に崩れ去った。敵の動きも遅いし、とにかく四人で倒すのにこれほどいい相手はいない。

魔法生命体だからなのか、魔法関係の武器ドロップも多い。

百体も倒したら斬撃を飛ばせる剣と大きな槍がでたので、それぞれ蘭華と相原に持たせた。普通の武器では壊れてしまうからもったいない。

しかし楽な相手だと、自然と無駄口も多くなる。

「僕はちゃんとけじめをつけた方がいいと思いますけどね。今なら前よりもうまくやれるんじゃないですか。そんな中途半端なことをしたら可哀そうじゃないですか」

そんなことを相原がことあるごとに言ってくる。

「お前に何がわかるんだよ。その話はやめてくれ」

おかげで変に蘭華を意識してしまって気まずい。やっと忘れかけていた話を蒸し返されて、非常に困ったことになっている。

蘭華は慣れない二刀流で剣を振りまわしていた。

確かに昔よりも距離が空いた今なら上手く行くのかもしれない。しかし、蘭華にその気はないだろう。

「なに？　なにか私に不満でもあるのかしら」

「いや、悪くないんじゃないか。その飛び道具を俺に当てるんじゃないぞ」

「誰に言ってるのよ」

と睨まれた。あんまり話してると、蘭華に考えていることを見透かされてしまいそうで怖い。それなのに、昼休みになると有坂さんまで話に入ってくる。

「彼女が、自分からダンジョンに入るような娘には、私の目には映らないよ。きっと伊藤君に歩み寄りたかったんだと思うな」

「その目は当てにならない奴じゃないですか。ただ金に汚いだけですよ」

「彼女の目的がお金ではなかったら？」

「だったら何が目当てなんですか」

「彼女なら夜の仕事でもした方が儲かりそうじゃないか。何が目的かなんて、私にはわかるはずもないけど、伊藤君ならわかるんじゃないのかい。再会した頃のこと、よく思い出してごらんよ」

夜の仕事など蘭華のプライドが許さないだろうし、キャバクラなどではダンジョンほど儲からない。何が言いたいのかわからなくて訊ねても、有坂さんは答えてくれなかった。

たぶん俺と仲直りしたかったと言いたいらしいが、別に喧嘩して疎遠になったわけではない。そもそも言い合いにはなるが、喧嘩になったことは一度もないのだ。

線香をあげに来た蘭華が、ボロボロの格好をした俺を見つけたのが再会だ。有坂さんは、それで蘭華が俺を心配したと言いたいのだろうか。次に会った時は、ダンジョンに行きたいとか言い出したが、俺はずっと連れていかなかった。でもパーティーメンバーが必要になって、一緒にやることになったのだ。

金で釣れば動くだろうと思っていたし、実際それで蘭華はついてきたが、もし目的が違うなら、俺を心配してついてきたという事になる。

有坂さんはそう言いたいのだろうか。

蘭華はやたらとナイフを売らせたがっていた。俺が大金を得たらダンジョンに関わらなくなると思ったのだろうか。

いや、まさかな。

有坂さんが言いたいのは、そういう事なのだろうけど、蘭華のイメージからは遠すぎる。それは蘭華を好意的にとらえようとし過ぎているというものだ。

蘭華の方を見ると、ひとりで食べ残しのパスタをつついていた。俺の他に話せる人もいないから、俺が相手してやらないと一人りきりだ。

パスタは蘭華が全員分作ったものだが、かなりおいしくできていた。料理が得意なんて聞いたことがないが、いつの間に上手くなったのだろう。どっかでバイトでもして覚えたのだろうか。

幼馴染とは言え、だいぶ知らないことも多くなってしまったなと思った。

「恐竜の肉、食べるか。焼いただけだけど、うまいぞ」

「持ってくるなら、箸を付ける前に持ってきなさいよ。馬鹿ね」

やはり俺を心配しているような印象は受けない。

「いつからそんなこと気にするようになったんだよ。本当、お前ってサボテンみたいな性格してるよな」

「はあ?」

こんなことで額に青筋が浮かぶほど怒るのだから困る。

まあ、嫌われる理由がありすぎる身では言えた義理ではない。

親分風を吹かせたがると解釈していた蘭華の言動は、妙に有坂説と一致するような気がした。

攻略

「ほら、新しいバッグを買ってきてやったぞ」

「な、なによこれ。こんなに高価なもの買ってきて、かわりに何を要求しようというの」

何を勘違いしているのか、蘭華は胸元を隠すような仕草をした。

最近では俺もこのくらいではイライラしない。

「前回の探索の報酬だろ。わざわざ高いやつを買って来てやったんだぞ」

「そう。びっくりさせないでよ」

前回の探索では最後に高エネルギー結晶体を見つけたので、実際の分け前はもっと多い。ネットオークションに出したら、海外の研究所にとんでもない額で落札されたのだ。相原も、これで魔法が買えますと言って新幹線に乗って滋賀の方に行ってしまった。

だから今、手元にはとてつもない大金がある。それをボストンバッグに詰めて、俺は村上さんのところに向かった。いくつかアイテムを買い集めてもらっていたので、その中から必要なものを買い取るためだ。

ダンジョンが見える場所に、村上さんの経営するリサイクルショップはある。更地になってしまったとはいえ、もとは新宿の一等地だ。

店の中に入ると、すぐさま村上さんが出て来て、売っている物の目録を見せてくれた。

まず目についたのが相原が買おうか悩んでいた俊足の上位版、韋駄天だ。もっと短時間にしか効果がない瞬歩と、継続的に効果が出る韋駄天の二つがあった。どちらも金色のスキルストーンだから値段が四桁万円台である。

数が出るようになっても、最高レアだけは値上がりを続けているらしい。

マナの消費も考えて、韋駄天を有坂さんから預かってきた金で買った。任せるよと言ってくれたので、有坂さんの弱点である近距離での戦闘が弱いことを補うためのものである。

今のパーティーでは敵の攻撃を受ける役になる俺は、防御に特化すればいい。

そして蘭華は攻撃に特化するのがいいだろうと相原は言っていた。

その相原は万能型のサブタンクを目指すのだと言っていた。そんな器用さが求められそうなものを目指すのはやめておけとアドバイスしたら、どんくさいと言われる自分には、それがベストなのだとも言っていた。

俺の真似をしたいだけではないらしい。

蘭華に敵の攻撃を受けさせるのは怖いものがある。

ダンジョンの中では体の大きさや体格、骨格の作りなどまったく関係がない。だから蘭華が攻撃を受けることも可能だが、さすがにそれはさせられない。

それに回復手段がない蘭華には、回避特化の方がいいだろう。いつでも冷静で判断力があるし、俺のようにムキになる性格でもない。それに防御する術がないからと言って、敵に近寄るのをためらうようなタマでもない。加えて、陸上のハードルが得意だったくらいの運動センスもある。何より昔からいろいろなことが器用な奴だった。

だが、敵の数が多ければ俺だけでは受けられなくなる心配もある。そう考えると相原が抜けてしまったのは少々惜しい気がした。

俺たちとやっていた方がはるかに得だろうに、あいつにも譲れない事情があるということだから、そこは諦めるしかない。

そして、同じく金色のスキルストーンである分身の石を蘭華のために買った。それだけでは心もとないので、軽業ができるようになる鎌鼬《かまいたち》の石も買う。

ここまで買った物すべてが金色である。

有坂さんにもう一つ魔法が欲しいところだが、良さそうなものがないので低位のものだけ買った。

「ほ、本当に、そんなに買うんですか。さ、さすがですね。一番奥まで行ってるって、噂になってますよ。伊藤さんはいつも一人だけ別次元にいる感じですよね」

「たまたまエネルギー結晶を見つけたんだよ。ダンジョンの中を歩いてたら、でかいやつが地面に生えてたんだ」

「で、でも、そんなにお金があったら一生遊んで暮らせるんじゃないですか」

それは大げさすぎるというものだ。しかし、目的がある俺にとって、そんなことはどうでもいいのだ。

世界の危機だって本当はどうでもいいのかもしれない。

そこで一通り必要なものは揃え終わった。

これで有坂さんにはゴーレムからでたリンクストーンまであるから、必要なものは全部そろったと見ていい。

リンクストーンは呼び出した石を操ることのできる武器である。スキルでは威力を強化できず、魔力に依存する武器だ。腕輪になっているから魔法を使う時の邪魔にもならない。

ついでに俺が死んだら蘭華が逃げられるようにと、瞬歩の石も買っておいた。少し蘭華に費やす金額が大きいが仕方ない。

店の棚では、かつてゴミ扱いだった武器を強化するスキルストーンも今は品薄になっていた。在庫を山ほど抱えていた村上さんはそれでかなり稼いだという話である。

しかしあの何が価値があるかもわからず、値段がコロコロ変わりゆく相場でよく生き残ったものだ。

「仕入れるお金がなかったから、安いものばかり買い集めていたんですよ。そのおかげで、値段が上がった時に、凄く儲けさせてもらいました。伊藤さんにはかなり損させちゃったかもしれませんね」

まあ、リスクのある商売だから、そこは責められない。毎回服を駄目にしていた俺は、村上さんがいなければ替えを買うことすらできなくなっていただろうから、売れただけ助かっていたのだ。

これだけ買ってもまだお金が余っていたので、俺は感知の石を買った。これは銀の石だが、暗躍のローブで命を狙われたことのある身としては、転ばぬ先の杖としてあるに越したことはない。

その石だけはその場で俺が覚えた。

そして自分たちで出した使うつもりのないアイテムを売る。

ホテルに帰ったら、ロビーで有坂さんと蘭華に出くわした。

俺は買ってきたものをそれぞれ二人に渡し、夜になったらダンジョンに行く旨を伝える。

蘭華と一緒に昼飯を食べて、部屋に帰ろうとしたら呼び止められた。手渡されたのは、金属製のプロテクターが付いた革手袋だった。

「ほら、剣治はなんでも殴るみたいに剣を使うじゃない。そういうのがあった方がいいんじゃないの。剣治がやられたら私にも危険があるんだから、ちゃんと気を使いなさいよね」

その言葉に、こんな気の配り方をする奴だったかなと疑問がよぎる。

「有坂さんに何か入れ知恵でもされたか」

「そ、そんなわけないじゃない。お店を案内してもらっただけよ」

さすがの俺でも嘘をついているのはわかる。でも、面倒だから話を合わせておこう。

「そうかよ。でも金はどうしたんだ」

「自分で拾ったドロップを売ったわ」

「みんなで出したドロップだよ。ちゃんと俺に言ってくれなきゃ困るぞ」

「そう、次からはそうするわね」

こんな常識から教えなきゃならないのかと思いながら俺は自分の部屋に戻った。

それにしても有坂さんもおせっかいなことをするものだ。別に今の俺と蘭華は、昔と何も変わっていない。むしろ昔よりうまくいってるくらいで、極めて順調であり、おせっかいなど必要ないのだ。

夜になってダンジョンに入ると、平日だからか、かなり人が減っている。ビビってしまってゴブリンと戦えなかった人たちはダンジョンから去ったのだ。

そして最近では、レックス地帯も人が多い。

十人、二十人というチーム単位でレックスの相手をしていた。

それでも、さすがにハイゴブリンを相手にしている人はいない。敵が使ってくるファイアーボールがネックになってやれているチームはまだないのだろう。

どうやら石塔の加護を受けられるようになったおかげで周りの人たちも成長が早くなったようだ。

そんな大人数を横目に、俺たちは下へと向かう。

そして今日はゴーレムを越えて、さらに奥へと進んだ。

その先にいたのは角の生えた真っ黒いヒョウだった。こいつらもまた数で押してくるタイプだ。しかも俺が苦手なすばしっこいタイプの敵である。

俺の最初の一振りで、ヒョウの黒い尻尾が宙に飛んだ。

空振りした剣が岩に当たって、砕け散った破片が顔に当たる。

「そんな力任せじゃ無理よ」

俺はヒョウを蹴り上げると、振り戻した剣で粉々に吹き飛ばす。

その隙に飛びかかってきた奴は、有坂さんの魔法に肩と腹を貫かれて塵になった。

「力任せが何だって？」

「もういいわ。好きになさい」

むくれた声で蘭華が言う。

昨日今日始めたわけじゃないのだから、このくらいの敵で手こずることはない。

そこに、体長が二メートルはある赤い毛をしたゴリラまで出てきた。こっちは俺のために用意されたような敵である。

長い腕で俺の頭を掴みにきたので、懐に潜り込んで胴体を弾き飛ばした。

蘭華はヒョウ相手なら、なんとか距離を保ちつつ戦えているようだ。スキルレベルは1だろうに、足場の悪い岩の上で跳ねまわっているのが信じられない。

いや、やはり無理なようで派手にすっ転び、そこにヒョウが飛びかかる。

俺はアイスランスを放った。氷の槍はヒョウの体を横から貫いた。

「キャッ」

蘭華の弱々しい悲鳴なんて初めて聞いた気がする。

「無理そうか」

「まだわからないわ」

すっくと立ちあがって蘭華は強がりを言った。あんまり負けん気が強いのも心配になる。

「有坂さんはどうですか」

「あまり役に立ててないね。申し訳ない」

やはりゴーレムのようにはいかない。

ゴーレムは経験値がいいわりに倒しやすい、いわゆる美味しい敵だったのだ。

ヒョウに有坂さんの魔弾が命中し、相手が怯んだところに俺の攻撃が入った。

初めて連携らしい連携が取れたような気がする。これがまさに俺のやりたかったことだ。

後続は、蘭華のファイアーボールで火に巻かれているところを俺が薙ぎ払った。

三人でやるには敵が弱すぎるのか、慣れてきたら簡単になりすぎだ。

それでも二人の様子を慎重に見ておかないと、無理をさせ過ぎることになるかもしれない。

ゴリラがかなり頑丈そうな革の鎧をドロップしたので、それを二人に装備させる。

「動きづらいわね」

動きが制限されるくらいじゃないと、この手の鎧は急所を守り切れない。

せっかく俺が渡したヘッドギアを装備しているのは有坂さんだけである。蘭華は髪が邪魔になると言い、俺は視界が塞がれるのが嫌でつけていない。

途中で有坂さんのスタミナが切れて休憩を挟み、さらに探索範囲を広げた。

今のところ、俺と蘭華のコンビはうまく敵をさばけている。蘭華は斬撃を飛ばす剣でチクチクやってるだけだが、まだ攻撃は受けていない。

有坂さんも複数に攻撃できる強みを活かしている。脇から攻撃されると、敵は嫌がって気がそれるから、それだけでもかなりの効果があった。

俺は多少ダメージを受けていても、攻撃さえ入れれば体力を回復できる。

とにかく俺は、蘭華の方に攻撃が向かないように注意しながらやった。何度かゴリラの長い腕が蘭華に向かったが、それはちゃんとかわせている。

そして順調に狩りを続けて昼飯になった。

天幕の中にいれば魔光の影響は受けない。なので何時間でもいられるわけだが、それによって蘭華の主張で昼休憩は長めに取ることになってしまった。今日は恐竜から出た肉でシチューを作ると言っている。

「才能があるのはわかったわ。でも、だからといって無謀なことをしていい言い訳にはならないのよ。剣治の戦い方は真っすぐすぎるのよ。攻撃をよけようともしてないわ。見てる方はハラハラするのよ」

「ハラハラしてるのは、こっちの方だよ。レベルがあるんだから、あの程度攻撃でどうもならないんだ。それに怪我なんてクリスタルですぐに回復できるんだぞ。俺の方が経験があるのに、どういう立ち位置から俺に指図するんだよ」

「指図じゃなくて、心配と言うべきじゃないかな」

見かねたのか有坂さんが口を挟んできた。

「いいえ、私は心配なんてしてませんよ」

「ほら見てください。こいつは昔から親分風吹かせるのが得意なんですよ」

俺は飯ができるまで横になっていようと、天幕の中にある絨毯の上で横になった。めちゃくちゃ毛足の長い絨毯で、マットレスなんかよりもよほど柔らかい。

　こんなに居心地がいいと、さすがに売る気にはなれなくなってくる。ゆっくり休憩できるこの天幕は二人からの評判もいい。地上にいるのと同じで、ゆっくりだが魔光受量値も下がる。

　こんなものが山ほどあるのだから、早いところ宝物庫に行きたいものだ。次に宝箱が出たとして、やはり類似のアイテムが出るのが一番の外れだろう。

　昼飯が出来上がるかという頃、外で人の気配がした。

　俺は外の様子を見てくると言って天幕を出ると、音がした方に向かう。その先では片腕を失った男が、息も絶え絶えに岩陰で身を隠していた。

　周囲を感知のスキルで探るが、特に気配は感じない。

「どうしたんだ」

　俺が声をかけると、男は短い悲鳴でそれに答えた。

　落ち着くまで待って、傷口を縛っていた上着を切りオレンジクリスタルを二つほど砕いてやった。なくなった腕は体力さえ戻れば元通りになる。

「アンタ、ここでなにしてるんだよ」

　男が怯えた声で言った。

「モンスター退治だよ。そっちはなにしてるんだ」

　男は体に入れていた力を抜いて息をついた。なにかに追われていたのか、怯え方が尋常ではない。通常、モンスターはそこまで執拗に追いかけないはずだ。

「おっ、俺は変な言葉を話す奴に襲われたんだ。仲間は全部殺されちまった、それで仕方なく下に降りる通路を見つけたから降りて来たんだ。強いモンスターがいる場所なら、そいつも追って来れないだろうと思ってさ」

男が話した内容は穏やかではない。外国の軍隊が入り込んでいるという噂はあったが、それだろうか。

しかし、外国籍ではダンジョン協会に登録は出来ないはずである。外国人がダンジョンに出入りなんてしていれば、必ず誰かに止められるはずだった。普通なら入り込めるはずがないから、俺はただの噂だと思っていた。

世界中のダンジョンが中でつながっているとはいえ、今の段階で他の出口まで行ける奴は絶対にいない。

ダンジョンは入り口から離れれば離れるほど敵が強くなる。それこそレベル50かそこらで突破できるようなものではない。

俺たちは昼御飯だけ食べて、男を地上に送っていくことにした。俺が暗躍のローブで偵察してから移動したので、見つかる危険はない。

外に出ると、ダンジョンの周りに人だかりができて、なにやら騒がしいことになっていた。自衛隊の人まで出て来ていたので、俺は男を保護してもらうことにする。この男が嘘をついているという可能性もなくはない。

自衛隊の人に詳しい話を聞くと、麒麟のようなモンスターに跨った人が、ダンジョンの入り口から西の方に飛び立っていったという話である。

それは間違いなく、厩舎に入っていた使役魔獣がドロップした物に違いない。

大図書館の知識の中にも、証言に一致するものがある。海くらい簡単に渡れるような奴だ。それに乗ってやってきて、ダンジョン内で高エネルギー結晶体か何かを探していたに違いない。

使役魔獣があれば敵を倒させることもできるし、逃げるにしても簡単だ。ヘリや戦闘機が出て来たって、レーダーにも映らないようなものを肉眼で追いかけることなど出来るはずがない。

自衛隊の人も、誰かがダンジョンから出たものを悪用しているのだろうと話していた。

まだ何人殺されたかもわからないそうである。

協会に併設された宿舎に連れていかれ、俺が事情聴取されていたら、自衛隊のパーティーが帰って来て報告を聞くことができた。

彼らも襲われ、相手に手傷を負わせてたものの逃げられてしまったそうである。魔法が当たったら、相手は一目散に逃げて行ったそうだ。

やはり高エネルギー結晶体を探して、他国のダンジョンの未踏破地域を探りにでも来たのだろう。踏破された地域では発見することの出来ないアイテムだから、これだけは広く探索することに意味がある。

この事件は、その日のニュースにもなった。

死者は四名、行方不明者となったのは二名だった。死者は生き残った男の証言によるもので、行方不明者も生きてはいないだろう。

行方不明という事は痕跡が見つからなかったという事だから、アイテムボックスに入っていたアイテムはすべて持ち去られたのだ。

いくら騎乗魔獣を手に入れたからといって、そのやり方は強引すぎる。

騎乗魔獣があれば、それを使って金を稼ぐことだってできるだろうに、どうして高エネルギー結晶体に執着しているのかわからない。裏に大きな意志のようなものを感じる。

他国のダンジョンを荒らすなんて、国際問題になりかねない事だ。

ダンジョンから得られるアイテムに関しては、どこの国も他国には譲りたくない。

日本では初期にダンジョンで大量の死者を出してしまったから、責任問題の起こる可能性がある国家主導でのダンジョン探索がやりにくくなっているだけで、海外では普通に専門家を育てて管理している。

国際問題になることさえ恐れていないというのなら、高エネルギー結晶体を軍事転用するための国家政策か何かだろうか。だとすれば中国あたりの軍隊が、民間から出た使役魔獣を買い取って使っている可能性もあるんじゃないかという気がする。

海外では国家のサポートを受けたような探索チームが組織され、それが中国ともなれば法律も無視してやっていたとしてもおかしくない。しかも使役魔獣まで手に入れたとなると、ダンジョン内には近代兵器を上回るような力が眠っていることにも感づいている可能性がある。

そうでなくとも使役魔獣の中には、ゴジラに匹敵するようなものまでいるのだ。

モンスターさえ排除できれば、どんなアイテムだって手に入る。

それでも試練の遺物が生み出したモンスターの中には、暗躍のローブのようなものさえ看破する奴がいるだろうから、それだけで踏破することは出来ないはずだ。

ホテルに帰りネット検索すると、世界中のダンジョン分布図を簡単に見つけることができた。

大図書館の知識に照らし合わせれば、厩舎に近いダンジョンは中国にあり、武器庫に近いものはアメリカ大陸にある。

どちらのダンジョンも探索が進みやすい都市部の近くにはないから、もうしばらくはえげつないものが出てくる心配はそれほどないようである。

連携

魔光受量値を減らしている時間があまりにも長く感じられてフラストレーションがたまる。

蘭華たちよりも受ける魔光は少ないから、一人でゴーレムを相手にすることもできるが、イマイチ気晴らしにはならない。

ダンジョンで出るアイテムの中には、攻撃性能の高い魔獣を宿した鎧なんてものまであるのだ。敵からの攻撃を能動的に迎撃し、攻撃もやってくれるようなやつだ。宝箱ひとつで、俺よりも探索力のある奴が生まれていてもおかしくはない。なまじ知識があるだけに危機感ばかり募って、それなのに何もできない時間があるというのが非常にじれったい。

だからといってできることもなく、俺は蘭華に付き合って東京観光などをしながら過ごしていた。

どこに行っても何も感じないし、なにを見ても感動がない。前回の探索は中途半端に終わったから、明日にはまたダンジョンに入ることができる。それだけがひたすら待ち遠しかった。

人間は危機に陥ると、体を戦闘状態にするためにドーパミンが放出されるそうだ。そのドーパミンという脳内麻薬に依存性があり、ダンジョン中毒を引き起こすということで、ダンジョンジャンキーなる言葉が最近できたそうである。

まさに俺のためにあるような言葉だ。

「そんなに楽しいかしらね。モンスター退治なんて」

「急になんだよ」

浅草で串団子を頬張っていた俺は、まるで思考を読まれたかのような蘭華の言葉に面食らった。

「暴力と他人の悪意が渦巻いているような場所じゃない。どうして、そんなところに好き好んで行くのよ。怖くはないの」

「怖がってる暇なんてないだろ。だいたい怖いことなんて他にもたくさんあるじゃないか。たとえば将来の話とかさ。だけど、そういう余計なことを一切考えなくていい場所なんだぜ。むしろ楽しいよ。あそこは熱くなって目の前の敵を倒すだけでいいんだ」

美味いから、もう一本だんごを注文しようとしたら蘭華に止められた。こいつといると食事内容まで管理されてしまう。他人に嫌われることを一切恐れていないから、なんでもありで口を出してくる。

「本当は怖がらなきゃいけない事もあるかもしれないじゃない。考えない方が怖いわ」

「死ねばそれまでだよ。生き残ったら勝ちなんだ」

「でも、モンスターだって生きてるじゃない」

「ダンジョンに出てくるモンスターなんて、魔法で作られた虚影だよ。同一種はすべて同じ個体から作られたコピーなんだ。よく見てみれば細部まで全て同じだぞ。感情があるように見えて、脳みそや体の中身すらほとんどないんだ」

本当はもっと複雑で、俺には理解など出来そうもない魔法理論の産物だが、それほど大きく外れた話でもない。

昆虫タイプや獣タイプなど、規定された行動に多少の違いはあれど、あらかじめ作られた行動パターンに従って、攻撃と守りを繰り返しているにすぎない。

蘭華は考え込むような仕草を見せた。

形のいい顔の輪郭と鼻のラインがよくわかる。日の光の下では、桜色の唇と白い肌が輝いてみえた。

「剣治が私にさせたいことって何なのよ。それがわからないわ」

「俺が一番にダンジョンを攻略しないと世界が滅ぶかもしれないんだ」

「あら、それは大変ね」

冗談だと思ったのか、蘭華が笑う。しかし、俺はいたって真面目だった。

「マジだぜ」

言うつもりはなかったが、別にいいだろう。

そんなことを言いふらすとも思えないし、誰かが信じるとも思えない。

「それで、どうして私なのよ」

「悪意が渦巻いてるって、さっき自分で言ってたろ。いざって時に信用できる奴じゃなきゃな。途中で喧嘩してパーティー解散なんてことになっても、一からやり直しだぜ」

そうなの、と言ったきり蘭華は黙ってしまった。

俺はもう一本だんごが食べたくてしょうがない。蘭華が考え込んでいる隙に注文しようと立ち上がったら、しっかりと裾を掴まれた。

その日から蘭華は変わった。

※

新宿ダンジョンの二層目。俺に向かって飛びかかってきた四匹のヒョウを、一匹は有坂さんが魔法で倒す。

そこに俺を飛び越えて前に出た蘭華が、すれ違いざまにナイフで急所を一突きにして、もう一匹を倒した。そして巻き付けたチェーンソードによって、もう一匹も空中で真っ二つになる。

最後の一匹は俺に蹴り上げられて空中で吹き飛んだ。

「おい、俺を足蹴にするなよ。最悪、足場にするにしても、頭を踏みつけるなよな」

蘭華は得意げな顔をしているだけで、謝る素振りもない。まあ、やる気になったようだからいいかと、俺はそれ以上何も言わなかった。

自分に所有権があるかのように使っていた俺のナイフを、いつの間にか使いこなせるようになっている。ナイフとスキルの効果によって、だいぶ手馴れた動きが出来るようになった。

以前とは目の前の敵に対する集中力が違う。

なぜだか追い抜かれそうな気がして、俺も頑張ろうという気になった。いくら最高レベルの希少性を持ったナイフを使っているとはいえ、そう簡単にできることではない。背が高いわけでもないのに、ハードルの種目で県大会に行っただけのことはある。走っている姿を初めて見たときは感動を覚えたくらいだ。

「いかがかしら」

「そのナイフは俺のだからな。貸してるだけだぞ」

「負け惜しみに聞こえるわよ。それよりも今日はもう少し奥に行きましょう」

有坂さんのスキルも多少は上がって、それなりに動けるようになっているから奥に行っても大丈夫だろうと、行ってみることにした。

そこで現れたのはコボルトだった。

最初に現れた一匹に蘭華が向かって行ったかと思うと、壁を蹴る三角飛びで簡単に背後をとってナイフで斬りつける。しかし、レイピアを振り回されて距離をとった。

もう一度近づくが、盾で受けられて攻撃が当たらない。攻めあぐねた蘭華は盾を蹴って距離をとった。

そこに追いついた俺が、手に持っていた剣を振るう。盾と共にコボルトははじけ飛んだ。

またこいつらの相手かよと、俺はため息をつきたくなった。

やはりコボルトゾンビよりは動きがよくなっているが、今の俺にとってはもはや雑魚になり果ててしまった。

「何が悪いのかしらね」

「レベルが足りてないんだろ。相手の反応の方ががよかったように見えたぞ」

そもそもスピードだけで後ろをとるのは容易なことではない。すでに蘭華の霊力は有坂さんと同程度だが、それでもまだ足りていない。俺とは違って蘭華にはスキルもあるが、正面からでは盾に防がれてしまう。

「そう、意外と大変だわ」

「ちゃんと俺が引き付けるから、隙をついて倒せばいいだろ。お前が正面からやり合う必要なんてないんだ」

「それもそうね」

そのためのパーティーである。連携するか、役割を分担すれば圧倒的に負担は小さくなる。

問題は俺が引き付けるにしても、魔弾やアイスダガーではコボルトに避けられてしまう点だ。

視界の悪い場所だから、敵が集まりすぎるということはない。仕方なく、ファイアーボールを使って広範囲に炎をばら撒くことにした。

炎に巻かれたコボルトは自慢の盾でもそれを防ぎきれずに、ヘイトを俺へと向けた。

コボルトの注意が他にそれていないと、今度は俺の攻撃が当たりにくい。盾で受けてくれれば簡単に倒せるが、上に逃げられるとどうしようもない。それを察した蘭華が、フォローで上に逃げたのを倒してくれた。

息が合っていて、とてもいいと褒めてくれた有坂さんに、蘭華がそんなはずないと噛みついている。

しかし、俺としてもあまりにやりやすくて驚いた。蘭華が寄って来そうなタイミングがなんとなくわかるから、攻撃を当ててしまわないだろうかと下手に縮こまる必要もない。思い切り、このでかい剣を振りまわせる。

この日で、俺はやっとレベル32になった。

ここにきてレベルの上りが遅くなってきているように感じる。

空いた時間でやっていたソロでの探索も限界にきていた。所持していたクリスタルも減りすぎて、このところ相手にできているのはゴーレムくらいだ。

裏庭ダンジョンまで行って、もっと上位のクリスタルを集めてくるべきだろうか。

オレンジとパープルの上位はイエローとホワイトで、その上に透明なクリスタルがある。透明な奴は万能なクリスタルで、体力もマナも回復してくれる。

東京のダンジョンにアンデットが出てくれるのが一番ありがたいが、図書館の知識によれば、アンデッドは他のモンスターとは共存しないらしい。

魔剣

魔力酔いが軽くなっていることもあって、裏庭ダンジョンと東京を往復することにした。

とりあえず大図書館までの道のりを一掃する。

東京のダンジョンとは違って、ほぼ一本道だから時間はかからない。

まる一晩かけて、四種類で計五百個ほどのクリスタルをかき集めた。レベルが上がったお陰で、ほぼ走り回るような勢いで大図書館まで到達した。

最近では魔光受量値の上がり方が蘭華たちとそれほど違わないから、あまり長居するわけにもいかない。

それにしても東京にいる間に、ずいぶんとレベルが上がったものだ。

かなり敵が弱くなっているのを実感できる。

次の日には電車に飛び乗って東京まで帰ってきた。

それで半日も休めば、ぴったりとパーティーでの探索に間に合った。

探索するのには昼も夜もなく、本気で探索している奴らの間では、魔光受量値がゼロになったらダンジョンに入るのが普通である。

今回は、何も言わなくても蘭華の方から、もう行けるわよと言ってきた。

蘭華が探索に本気になってくれたおかげで、有坂さんにもいい刺激になっている。最近では民間がやっているパーティー連携のための講習会にも出ているそうだ。そんな料理教室みたいな感覚で、命がけの戦いの参考になるのかはわからない。しかし、動きがよくなって連携がとりやすくなっているのは事実だ。

「魔法を使うよ！」

そう叫ぶのが、有坂さんが支援として魔法を撃ってくる合図だった。それで俺が射線を開けてやれば魔法はしっかりと敵に当たる。

マジックアローの場合は、操作性の高い魔法だから避ける必要はない。むしろ、声掛けに合わせて、魔弾でも放って敵の足を止めてやれば、一発の魔法で三匹の頭を貫くこともある。しかし三本も出る魔法の矢すべてを操るのはなかなか成功しない。安全な位置にいて、タイミングを見計らって放ち、俺が敵の動きを止めていても難しい。魔力が上がれば魔法の性能も上がるので、高度な魔法を覚えるには有坂さんのレベルが低すぎるという事だろう。

最初は有坂さんもリンクストーンで石礫をぶつけていたが、すぐに砂になってしまった。今ではその砂を防御に使っている。石ではコボルトのレイピアを防ぎにくい事から生まれた苦肉の策だ。

自分の身を守るだけじゃなく、その砂で蘭華に足場も提供している。

その有坂さんが、休憩中にポツリと語った。

「妻に先立たれてね。それで恐れ知らずになった私はダンジョンに入ったんだ。ダンジョンから得られた力のおかげで、この歳になっても若い頃より体が動くよ。それに君たちのような若い人とも知り合うことができて、一緒に行動できるのが楽しいんだ。ここにいると子供の頃に野山を駆けていた時のことを思い出す。妻へのいい土産話もできた」

なんとなく話しておきたくなってねと、有坂さんは笑った。俺はどう答えたらいいのかわからない。

「そんなの自殺と一緒じゃないですか。剣治と同じですよ」

「俺は危険を求めてダンジョンに入ったんだよ。死にたいなんて微塵も思ってなかったね」

「二人とも運よく魔法が手に入ってなかったら、どうなっていたか考えなさいよ」

確かに、俺は運に恵まれたところが大きい。だけど所詮は試練の遺物だから、恐れずに立ち向かえば道は開けるのだ。

しかし蘭華が怒るのも無理はない。俺から見ても有坂さんの行動は自殺に近い。

初めて会った時から有坂さんには、生気のようなものが感じられなかった。生気の塊のような相原が近くに居たからそう感じたのかもと思っていたが、そうではなかったようである。

休憩を終えたらコボルト地帯をローラーするように移動しながら倒し続ける。

ドロップアイテムを集めることに関しては二人に任せているが、レイピアが出たらしくレアが出たと喜んでいる。

強い敵から落ちたものだから喜ぶのもわからなくはないが、大した価値はない。なにせそれを買う奴らは、まだガーゴイルかレックスあたりを相手にしているような奴らだから、そんなに金はないのだ。

たまに出るクリスタルの方がまだ高価だ。出たアイテムはすべてまとめて俺が売り払っているから二人は知らないのだろう。石塔の加護のおかげで、最近ではレッドクリスタルも値下がりしてしまった。

もう少し奥に行ってみるかと考えていたら、後ろの二人から悲鳴が上がった。何事かと思って振り返ったら、目の前に宝箱が鎮座していた。

俺が後ろに逃がしたコボルトから出たのだろう。

パーティーでやるようになってから、やたらと敵を倒す数が増えているから出たとしてもおかしくはない。

宝箱の前にしゃがみ込んだ蘭華は無造作に開閉装置に触れようとする。

「お、お、お、おい、ま、待てって――」

宝箱の中身は魔法による抽選で、どんなアイテムでも呼び出される可能性がある。開閉装置に触れた者の心理状態を読み取って、多少は抽選結果にも影響する。

俺の制止も聞かずに、蘭華は宝箱を開けてしまった。

今回のは、最もいいアイテムが出る可能性の高い宝箱だ。俺は緊張のあまり見ていられなくなって目を閉じた。

「おー」

「凄いわ！」

二人の歓声が聞こえる。

俺が恐る恐る目を開くと、大きな剣を抱える蘭華の姿が見えた。

赤く光るぶ厚い刀身に、先の方が少し広くなっている形。大図書館の知識で検索するまでもない。

俺が一番欲しかった剣、体力を吸収できる魔剣ダーインスレイブである。

剣にはもう一段上の希少性があるが、フロッティと同じ希少性のレアアイテムである。

「よ、よくやった。蘭華！」

喜ぶ俺の声を聴いて、蘭華が俺のことを睨んだ。

「なによ。まさか自分の物だとか言い出すつもりじゃないでしょうね。私が倒した敵から出たのよ。独り占めは許さないわ」

蘭華は面倒なことを言いだした。

「いやいや、それは俺に必要な奴なんだよ」

「私が使おうかしら」

「使うって、そんなもの振り回せないだろ」

蘭華は慣れない仕草で、バットを振るみたいにブンッと振ってみせた。得意気な様子である。

どう考えても蘭華の体重で、そんなものが振れるのはおかしいが、霊力によって可能になっている。

「俺の魔法とも相性がいいんだ。お前にはナイフがあるだろ」

「どうしようかしらね」

そう言って蘭華は笑った。どうやら冗談で言っていたようだとわかって、俺は安心する。

「俺が使うから寄こせ」

「じゃあ、交換ね。このナイフは私のものよ」

フロッティは一人でダンジョンに入る時には、蘭華に返してもらって使っている。なければゴーレム地帯に行って帰ってくるだけで、何時間もかかってしまう。

「俺がそのナイフを使いたいときはどうするんだよ」

「そんなの簡単よ。蘭華様、どうかお貸しくださいって言えば貸してあげるわ」

「じゃあ交換でいいよ。有坂さんもそれでいいですか」

「もちろんだとも」

一発でこんなものを引くとは、蘭華の豪運には恐れ入る。

俺は受け取って改めて眺めてみた。

蘭華の身長ぐらいある先細りしていない刀身に、先っちょだけ水牛の角みたいに広がって反り返った刃がついている。そして根元には片方だけ刃の付いてない部分があった。たぶん肩に乗せておくところだろうと思われる。

これでさらに俺の回復量が上がり、剣が軽くなって攻撃も当たりやすくなる。

これだけレアアイテムがあると、コボルトなんかを相手にするのはもったいなく感じた。

レアが行き渡ったことで、かなり戦力が上がってしまった。有坂さんのマジックワンドは大した品じゃないが、それでもレアだ。

二人のレベルも20を超えたから、俺ならソロでコボルトゾンビを倒してた頃である。

そろそろ本格的に宝物庫を目指してもいい頃だろう。

第三層への道を見つけるために、そっちへと移動する。

入り口を守っていたのは、オーガだった。

大図書館を守っていたのよりは一回り小さいが、手には棍棒を持っている。

その棍棒を見た蘭華と有坂さんは表情を強張らせた。

あれで殴られたら革の鎧なんてあってないようなものだ。

オーガ

俺がオーガに魔剣を叩き付ける。何で出来ているのか、オーガは手に持った棍棒でそれを受け止めた。

飛び上がった蘭華に斬りつけられて、オーガの肩から炭になった血が吹きだす。さらに蘭華は飛び越すときにオーガの首にチェーンソードを巻き付けている。

チェーンソードは切っ先をぶつけるか、もしくは巻き付けて引っ張り切断する武器である　その巻き付けられたチェーンソードを、オーガは素手で掴む。

まずいと思った時には、蘭華はチェーンソードの柄を手放していた。

武器は失ったがそれで正解だ。手を離さなかったら地面に叩きつけられていただろう。

横から飛んできた有坂さんのマジックアローがオーガの胴体に三本刺さるが傷は浅い。

俺は殴られそうになって、いったん距離をとった。

体勢を立て直して、距離を詰めながらアイスランスをオーガの顔面に向けて放ち、それを相手が棍棒で受けたところで、胴体に向かって魔剣を振るった。

棍棒を持っていない左腕でカウンター気味に殴られるが、砕けた顎は剣と魔法の力によって回復する。

オーガは足と胴体が離れて地面に転がった。

俺の首が吹き飛ばなかったのはレベルのおかげだろうか。

もう少しレベルを上げておけば良かったと、少し後悔したくらいには強い相手だった。

倒したと思ったら次は二体でやってくる。

「私が引き付けよう」

有坂さんがマジックアローを放ち、ヘイトを自分に向けて一体を引きはがした。そのまま有坂さんが鬼ごっこをしているうちに、俺と蘭華で一体を倒す。

蘭華がダメージを与えることよりも、隙を作ることに専念してくれたおかげで、俺の魔剣がオーガの頭を潰した。

そして有坂さんが連れてきた残り一体を、三人で倒した。

「助かりました」

「私がダンジョン教室で受けた授業も、そう馬鹿にしたものじゃないだろう。自分が相手より優れている部分を利用するんだそうだよ。今の場合、オーガより足が速いことを利用したわけだね」

蘭華も有坂さんも動きがよくなってきたなと感慨深い。予想外の強敵が出て来たのに、臆することがないのもありがたかった。

まだ有坂さんは敵にまともなダメージを与えられる魔法が一つしかないし、蘭華は攻撃力が全く足りてないのに、出来ることでしっかりと貢献している。ちゃんとした武器と魔法さえあれば、確実に戦力になる動きだ。

もう少しオーガで足止めされるだろうが、それを越えたら宝物庫だ。

宝物庫が近いからなのか、歩いていたら小さいながらもまた高エネルギー結晶体を発見した。二人に見せても、もはやそれほどの驚きは無いようだった。

一番先行しているからこその利益である。以前に俺が見つけた奴も、小さいながら売らずにまだとっておいてある。

まだ買いたいものも売りに出ていないからと、結晶は俺が預かることになった。

その後もオーガの討伐を続けて、五十体ほど倒したところで魔光受量値が帰るべき数値になってしまった。

ここまで来てしまうと、帰り道もかなり長い。走って帰ることになるのだが、障害物が多くて大変だ。

蘭華は革の服が蒸れると言って愚痴っている。

一層へ通じる坂道を上り、ハイゴブリン地帯に出ると、そこで狩りをしているチームに出くわした。

いきなり現れた俺たちに驚いたようだったが、俺の顔を確認すると軽く挨拶してきた。

もうここまで進んだチームがいることに驚きである。

装備がよくなってダンジョンに居るだけで受ける魔光は誤差レベルになり、休憩で体力とマナを回復しながら敵を倒しているようだ。見ていると、魔弾やマジックシールドの展開が異様に速い。

たぶん俺の想像もつかないほどスキルレベルが上がっているのだろう。

今ハイゴブリンをやっているチームには、ヒールの魔法さえあるようだった。

先行していたチームの中には、高エネルギー結晶体を見つけたことでダンジョンに来なくなったチームもある。だから前線組が入れ替わることも珍しくない。最近ではアイテムや装備が安くなり、第二次ダンジョンブームと言われるほど探索者が増えていた。

ダンジョンを出て更衣室で着替えを済ませる。

更衣室から出ると、取材やらインタビューなどを色々と求められるが、すべて断ってホテルに帰った。最も深くまで踏破した探索者として、俺は少し有名になりすぎた。

海外で軍隊まで使って攻略競争しているような状況だと、命を狙われはしないかと心配になってくる。

レベルが一番高いことにより、最初に新しい地帯に行けるという事は、エネルギー結晶体を見つけるのに大きな優位性があるのだ。

当然ながら海外でも、二層に入ったという話は聞こえてこない。

休憩もなく敵を倒しているのだから当然なのだが、麒麟を手に入れた奴ならもっと奥に行っていてもおかしくない。そいつの情報がないってことは、かなり大きな組織に秘匿されているという事だ。やはりあいつは一般の探索者ではない。

※

次の日は協会に呼び出されたので、三人で向かった。

あの京野のチームも全員が揃って来ていた。ある程度の実績がある全員が呼び出されたはずだが、集まったのは五十人程度だ。

また犯罪者でも捕まえさせられるのかと思っていたら、北海道のオーク狩りだそうである。それを聞いた途端に半分ほどが帰ってしまった。結局はまた俺のチームと京野の赤ツメトロくらいしか残らない。

今回の作戦には自衛隊の十二パーティー規模のチームも参加するそうだ。

「今、残っていただいた方々が東京班という事になります。自衛隊班がサポートしますし、危険はないように配慮します。回復クリスタルについても、協会から配布されます」

自衛隊のパーティーは、そっちだけでやるようだ。しかし、そうなると東京班のメインとなるのは、京野が率いている女しかいないチームである。

「オークなんて倒せるのかしらね」

「俺たちなら余裕だろうけど、周りの奴らはどうだろうな」

レベル20くらいで霊力が10000もあればソロでも倒せるはずだ。しかし、そのラインを越えている奴が他に居るとも思えない。なんせ蘭華や有坂さんが最近になって越えたラインである。

チームとしては、俺の霊力が40000あるのでまったく問題ない。

周りはどんなもんだろうと思って、手近にいた奴に聞いてみる。

「はっ、はい。チームふなっしぃ、リーダーの小田です。レベル14、霊力5000です」

こんな見たこともないヤツまで、なぜか俺のことを知っている。

どんな噂が広まっているのか知らないが、小田は緊張で言動がおかしくなっていた。聞いてもいないことまでペラペラと話し始める始末である。

船橋のチームという事だが、レベルは探索者登録した頃の相原くらいだ。まあ四人もいるから、一匹くらいなら倒せないこともないだろう。

それにしても、地名をチーム名に入れるのは流行なのだろうか。ならば赤ツメトロは赤羽かどこかのチームということだ。今では女性だけのチームというのが受けて、かなりの大所帯になったそうだ。日本中に支部があり、手厚い支援が受けられるという。

京野に聞いてみると、平均レベルは高くないが、霊力は高めだった。

「な、なあ。アンタ、あの講習会で誰かを血だるまにしてたか？」

「いや。心当たりはないけど。というか、お前はあの場にいただろ」

「そ、そうだよな。なんかそういう噂が広まってるんだよ」

自分から話しかけてこないと思ったら、そんなことを言っている。信じるほうが難しいくらいの噂話だ。

京野と話していたら、自衛隊の人に呼ばれた。ついていくと会議室のような部屋に案内される。

「自衛隊のチームからも伊藤さんの噂は上がっています。出来れば今回の討伐作戦で伊藤さんのチームを中心に作戦を立てさせて頂きたいのです」

「三人しかいないチームですよ」

「それでもソロで自衛隊所属のチームよりも奥まで行っていますよね」

「あの奥にはゴーレムみたいな簡単に倒せる奴がいるんですよ」

「それはいい情報を聞きました。後で報告させてください。現地ではどうしても強いパーティーの力が必要になる場面もあるかと思います。それ以上に、強い個人の力も必要になるでしょう。そのときには伊藤さんの力がどうしても必要になります。請け負ってはもらえませんか」

まあ端っこを割り振られて、ろくにオークを倒せないというのよりはいいだろうか。でも突撃してくれなんて言われても困りものだ。今までの行動から見ても、オークの行動パターンはかなり複雑なものだ。

「砦を攻めることになりますよね。いったいどうやって攻めるつもりですか」

「詳しいことはまだ決まっていませんが、砦を作っているのは地球の木です。ですから今のところナパーム弾で焼き払えばいいだろうという事になっています。ナパームなら生木だったとしても燃やせますからね。特に障害になるとも考えていません」

確かに地球の木であれば、ファイアーボールでも簡単に灰にできる。しかし、更地になったらなったで敵が集まりすぎて危険という事も考えられた。とはいえ、無理な任務を命じられた自衛隊員が命を落とすことになっても寝ざめが悪いので、俺に断るという選択肢はなかった、

オーク討伐

「たしかトロールが奥に居座っているんですよね」

「その討伐を伊藤さんにお願いしたいのです」

マジかよという気がする。そもそもオークの掃討さえ、まだ早いんじゃないかというのが率直な意見だ。

俺だってオークに邪魔されながらトロールの相手など不可能だ。もしやるなら、他の参加者にオークを遠ざけてもらう必要がある。

「作戦の決行はいつの予定なんですか」

「来月の初週を予定しています」

あと二週間といったところだろうか。

宝物庫まで行ければ、あとは自衛隊チームのレベル上げを手伝ってもいい。格下狩りでは魔光を受けにくいから、パワーレベリングはやりやすいのだ。しかし二週間では、そう何度もできるわけじゃない。まあ砦を攻めるにしたって、すぐにトロールが出てくるとも限らない。無理そうなら一旦引き下がるくらいの判断はしてくれるだろう。

「もし準備に必要なら自衛隊の人材も貸し出せますよ。それに今回の参加者の中から、必要そうなメンバーがいるなら、我々が交渉することもできます。何なりと申し付けてください」

そうは言われても、使える奴がいるのかどうかすらわからない。参加者のほとんどは、俺とは違う入り口からダンジョンに入っている奴らだから、戦いぶりを見たことすらない。

俺は自分の考えだけ伝えておくことにした。

「作戦が長引いても大丈夫なように、クリスタルは豊富に買い集めておいてください。それと参加メンバーにはいつでも連絡できるようになってると助かります」

その後で、実力が足りているかの選定が行われたようだが、俺たちは免除された。

俺はすぐさま村上さんのところに行って、手持ちのクリスタルのほとんど売ってしまった。俺が売ったものだとは知られずに、自衛隊に売って欲しいとも頼んでおく。村上さんは任せておいてくださいと請け合ってくれた。

そんなことをしていたら相原から電話がかかってきた。

「伊藤さんはオークの討伐に参加しますか」

なぜか少し焦ったような声である。

「まあな。お前も参加するのか」

「佐伯さんを参加させるつもりですか！　相手はオークなんですよ！」

「それがなんだよ。オークくらいなら蘭華でも倒せるだろ」

「レイプされたらどうするんですか！！！」

「なんだよそれ。モンスターがそんなことするかよ」

そもそもオークというのは二足歩行ができるイノシシであって、人間と戦うためだけに生み出された存在である。なぜ人間の女を襲うと確信しているのかわからない。

「オークって、イノシシの怪物だぞ」

「そうですよ!! オーク退治に行くというのなら、僕も行っていいですか」

「俺のパーティーに入るのか。別にかまわないけど、おまえのチームはどうするんだ」

「北海道には行きたくないそうです。では二人分空けといてください。伊藤さんのパーティーなら安全でしょう。それでは僕も今からレベル上げに行ってきます。よろしくお願いしますよ」

「お、おい、二人って――」

相原は勢い任せに電話を切ってしまった。いったいアイツの精力のようなものはどこから湧いてくるのだろう。いつも全力で生きていて疲れないのだろうか。

そして俺はまた裏庭ダンジョンまで行って、大図書館の奥の上位骸骨を狩りつくして、出たクリスタルを村上さんに卸した。睡眠をとる時間もなくて、移動中の新幹線でなんとか仮眠だけは取った。

それで東京に戻ってきたら、暇そうな蘭華からそろそろダンジョンに行けそうだと言われる。

一休みして、オーガを倒しに行く準備をしていたら相原がやってきた。

後ろには小さい女の子を連れている。

「僕を伊藤さんのチームに入れてください！」

相原は会うなり土下座して頭を地面に叩きつける。石畳にひびが入って血が流れているが相原は微動だにしない。

俺の隣でスカートをはいていた蘭華は、裾を押さえて怯えた顔をした。

「いきなりすぎて流れが読めねえよ」

「えー、私が説明します。あっ、私はお兄ちゃんの妹で桜と言います」

相原の連れてきた利発そうな女の子が礼儀正しくお辞儀した。しっとりとした黒髪が似合う、委員長という感じの女の子だ。

「兄妹……？　似ても似つかないわ」

「よく言われます。お兄ちゃんは、悪い女に騙されて貢がされ、同じチームのイケメンにすべて持っていかれて傷心中です。ですが、いつものことなので同情はいりません」

「悪い女なんかじゃない！」

蘭華と同じくスカートをはいていた桜は、顔を上げようとした相原の頭を踏んづけた。

「お兄ちゃんはこう言っていますが、女の人に初めて肩をポンと触れられて惚れてしまっただけの間柄です。さらにはチームを追い出されて、こうして行くところもなくなって、伊藤さんを頼っています」

「なるほどな」

「お兄ちゃんはカリスマもないのに率先してチームを率いていましたから、もともと煙たがられていました。私はそんなお兄ちゃんに連れまわされています。前のチームではヒーラーをしていました。なにとぞ、兄と私をよろしくお願いいたします」

「お願いしますよ、伊藤さん！　あいつらみんな宗教なんですよ。愛想尽かしたんですよ！」

「宗教というのは、みんなで仲良くまったりと、というのが前のチームの標語だった事だと思います。言うまでもありませんが、愛想を尽かしたのはお兄ちゃん以外の人の方です。今までも、私まで放り出すのは気の毒だという事でおいてもらっていただけなんです」

「伊藤さんに捨てられたら、僕ぁもう行くとこがないんすよ！」

俺は拾ったつもりがない。しかし、別にパーティーには空きがある。立ち位置的にも、二人はちょうどいい。それに相原はともかく、桜に頭をさげられてしまっては断ることもできない。

「まあいいだろ。これから行くけどついてくるか」

「はい！」

返事したのは桜だけで、相原は泣いているだけだった。思い切り引きずっているが大丈夫なのだろうか。

さっそく蘭華が桜を更衣室に案内していき、二人はうまくやれそうだった。

「いい妹だな。それに可愛いじゃないかよ」

「いえ、僕に妹属性はありません。どちらかと言えば姉萌えですので、よろしければ差し上げますよ」

「お前のそう言うところが、色々とダメなんだろうなあ」

相原は頭にはてなを浮かべている。もはや、思いつきで生きてるようなものだ。

「レベルの方は上がったのか」

「少しだけ。しかし、伊藤さんには守るものが無くなった男の強さというのをお見せできるかと思います」

その舌の根も乾かぬうちに、ブベラッとかいいながら相原は血まみれになって転がされていた。

突っ掛って行ったオーガに、棍棒で撃ち返されたのだ。

そこに桜のヒールが入って、相原はむくりと起き上がった。

「だ、大丈夫かよ」

「もう見切りました。次はいけますッ！」

そう言って突っ掛っていき、また打ち返される。

どこで手に入れたのか知らないが、相原は鉄の鎧に鉄の兜、そしてカイトシールドまで持っていた。まるで中世かどこかの騎士のようだ。それだけ守りを固めていれば、オーガの一撃でも即死だけはない。

最近出回っている、ダンジョンから産出された魔鋼によって作られたものだが、加工技術が確立されていないので、かなり粗悪な作りになっている。

見ていられないので、俺が前に出てオーガを倒した。

最初はビビっていた桜も、すぐに順応して魔法で支援をしている。

相原はもう自棄になっていて、何も考えずに敵に突っ掛っていくだけだった。有坂さんと桜のフォローでなんとか戦えているかもしれないくらいの動きだ。片手で持った槍くらいじゃ、本当に敵の気を引き付けるくらいにしかなっていない。

桜にはマナ回復クリスタルを持たせているが、ヒールの魔法にもクールタイムがある。

相原を庇って俺まで何度か攻撃を受けてしまった。しかしどんな攻撃を受けても、相手がオーガなら俺は回復に困らない。ほぼ俺と蘭華だけで敵を倒して進むことになった。

昼休みになると、相原は隅の柱に寄りかかり、すさんだ顔つきで天井を見ている。その姿は少しだけ様になっていた。

桜は天幕にひとしきり感動したかと思うと、蘭華の昼食作りを手伝い始めた。かなり手際のよさそうな様子である。

桜がボロボロのローブと革の服くらいしか身に着けていなかったので、俺は革鎧とクロークを出してやった。相原とは違ってちゃんとお礼を言ってくれることに安心感を覚えた。

新宿三層

桜は年子で、相原の一つ下の十九歳だそうである。家業の手伝いをしていたところを、相原にダンジョンへと連れてこられたらしい。忙しい両親にかわって相原の身の回りの世話をしていたこともあって、大抵のことは出来る。

しっかりと血のつながった兄妹であるというのが信じられない。

「僕ぁね、伊藤さん。見返してやりたいんすよ。僕を捨てたあいつらにね。そのためなら伊藤さんのことを師匠と呼ぶことさえ厭いません」

「まるで、俺を師匠と呼ぶのが嫌だと言っているように聞こえるな」

「幼馴染とよろしくやってる男に、僕のようなドブに浸かって生きてる人間のことなんてわかるわけありませんからね」

「かわいい妹がいて、面倒まで見てもらってるお前も相当なもんだぞ」

「かわいいなんて言い方はやめてください。反吐が出る。妹なんて母親と何も変わりませんよ」

相原の悲観はないものねだりでしかない。口うるさく言われるだけで、言い争いばかりしてる俺たちだって似たようなものだ。

昼飯を食べたら、第三層への道を探し始めた。

オーク討伐が決まってしまった以上、これ以上の足踏みはできない。オーガはまだ楽に倒せるようになっていないが、新しい武器でも見つけなければ改善しないと判断した。なによりヒールを使える桜が入ったのは心強い。俺がヒールだけで耐えられる相手なら、相原さえ攻撃を受けないでいてくれたら何とでもなる。

捜し始めたら大図書館の地図とそれほどのズレもなく、簡単に下への道を見つけることができた。降りてもまだ、オーガが出てくるだけだった。しかし開けた平地になっているので、集まり方も半端ではない。

有坂さんと蘭華が引き回している間に、俺と相原と桜で倒すことになる。

相原に魔弾だけでいいと伝えて、俺が最初のオーガと切り結んだ。

相原の魔弾がオーガの顔面をとらえたところで、俺もアイスランスを放つ。

胸に氷の塊を生やしてよろけたオーガの頭めがけて俺は魔剣を叩きつけた。

肩と首が飛んで、オーガは倒れる。

続けざまに蘭華が引き連れている方からアイスランスで引きはがして倒す。

相原は状況判断が悪くて、どちらかと言えば、相原の魔弾よりも桜のアイスダガーの方が役に立つくらいだ。

何度か相原が槍で手を出して、棍棒に殴られた。

しかし相原がカイトシールドで守りに徹すると、俺としてはかなり戦いやすくなった。大した攻撃がなくとも、相原が叫びながら突っ込んでいけばオーガも無視はできない。そしてがちがちに装備を固めているから、盾を上げてさえいれば殴れる場所もない。

装備がじゃが芋みたいにへこみだらけだが、よほど厚いのか、まだ壊れそうにないのも頼もしい。

なんとか数を減らして、倒しきるというところで蘭華が攻撃を受けてしまった。

俺は十メートルも吹っ飛ばされて地面を転がる蘭華を追いかけた。

蘭華は足の骨が見えるほどの怪我を負っていた。地面で擦れて革の服にも穴が開いてしまっている。

俺は慌ててオレンジクリスタルを砕いた。

「大丈夫か」

「大したことないわ」

蘭華は急激にレベルを上げたからスキルも育っていない。スキルレベルが低いから、オーラもバリンと簡単に割れてしまっていた。

さすがにヒヤッとしたが、蘭華は俺を見て笑っている。

「すぐ治ったから、あまり痛くなかったわ」

気丈なことを言っているが、顔色は良くない。

「体力が満タンになってるか確認するんだぞ」

「それよりも早く戻ってあげた方がいいんじゃないのかしら」

後ろの方で伊藤さ～んと叫ぶ相原の声が聞こえる。あいつにもクリスタルを持たせているから、まだ大丈夫だろう。

俺は蘭華に手を貸して引き起こした。

蘭華は着替えてくると言い残して岩陰に入っていった。尻の所が破れてしまったから服を替えるのだろう。

三人の所に戻ると、有坂さんと相原で最後の一匹を倒したところだった。

「大丈夫でしたか!?」

「ああ、大したことなかったよ」

「ちょっと無理をしすぎじゃないのかな。もう少しレベルを上げてからの方がいいよ」

有坂さんの意見ももっともだが、俺としてはどうしてもこの先の用事があるのだ。

「このまま続けさせてください。まだクリスタルの数には余裕がありますから、危険はありませんよ」

そこで思い出したが、有坂さんは魔術の石塔から加護を受けているからクリスタルが使えないのだ。

かわりに桜に多めに持たせておくことにした。ついでにマナクリスタルも渡しておく。

「こんな高価なものいいんですか」

「高エネルギー結晶体を見つけたばかりだからな。金の心配は必要ないからどんどん使ってくれ」

その後も宝物庫を目指して進んだが、敵を倒すのに時間を取られ、桜の魔光受量値が４０００を超えてしまった。仕方なくその場で引き返すことになった。

※

次の日は休みだと思っていたら、蘭華に起こされる。

魔光値に余裕があるから、ダンジョンに行きたいそうである。しかたなく着替えて俺はホテルを出た。魔光受量値の上がりにくい一層でスキルレベルを上げたいそうだ。

俺は敵も倒さずに蘭華がレックスと戦うのを見ていた。

有坂さんはダンジョン教室に行っていて来られないそうだ。あとで教室の人たちとダンジョンに行くと言っていた。

俺も調整のために夜になったらゴーレムの相手をしなければならない。

レベルのせいか装備のせいか、一層くらいでは俺はほとんど魔光を受けなくなっていた。

レックス地帯もだいぶ混みあっている。相原のように、中世の鎧のような装備で身を固めた奴の姿もぽつぽつ目にする。レックスの尻尾に吹き飛ばされて上に飛び乗られたら、そのまま起きられなくなてしまうのはどうなのだろうか。

相原の言うように、これからはサブタンクのような役回りも重要かもしれない。

その相原は、新しいメイドカフェを開拓すると言って秋葉原に行っている。体を気遣ってやった俺に、魔力酔いじゃ死なないんすよと言い切ってそんなことをしているのは凄い。桜の話では女友達すらできたことがなかったという過去があるのに、本人は病的なほど女好きという悲しいサガを持つ男だった。しかも女の人を前にすると何も喋れなくなるという特技まで持っている。同人誌で作られたカマクラのような部屋に暮らしているそうだ。

エロゲーと同人誌を買うためにラーメンしか食べなかった相原の面倒を見るため、桜は隣の部屋を借りたらしい。

自分の好きなもののためなら、命すら割り切ってダンジョンに行けるのが相原なのだろう。

「ちょっと、ちゃんと見ていてくれたの」

「ああ、悪くない動きだよ」

「剣治のようにできないわ」

「そうだな」

蘭華はいまだ一度も攻撃を受けていない。

分身はまだ三十センチずれた位置に残像を作るくらいしかできないし、瞬歩は一メートルの距離を飛べるくらいだ。それでもスキルをうまく使っていて、動き自体は悪くない。

しかし、攻撃の方が問題で、よほどいい位置をとれなければ、ナイフで撫で切りにするくらいしかできていない。最初はその華麗な戦い方に嫉妬したが、蘭華と俺では戦術がそもそも違う。避ける技術は高いが、足を地面に付けてないから攻撃が貧弱すぎるのだ。

それに運動量の多い戦い方だから、蘭華は汗だくだった。ダンジョン内は涼しいとはいえ、さすがに革で出来た服は暑苦しい。

汗をかいて額に髪の毛を張りつかせた蘭華が、なぜかいつもよりかわいく見えた。

周りにいる奴らは革の水筒を使っているが、俺たちは水だけなら豊富に持ち運べる。昼ご飯を食べたら、蘭華は水浴びをしたいと言って無限水瓶を持って岩陰に入り込んだ。

蘭華のシャワーを待っている間に寝てしまったらしく、同じく隣で寝ていた蘭華を起こして続きをやった。俺しかいないと女だという事を忘れてしまうのか、やたらと革のジャケットの胸元が空いていていてドキッとした。

東京に来てから、ずっとこいつと一緒にいるような気がする。

周りを見ても、レアなスキルとレアな武器を使っているのは俺たちしかいない。みんな出たら売ってしまうのだ。探索範囲が広がればエネルギー結晶が見つかる確率が上がるのにもったいないことだ。

レックスが混みあってきたので、ハイゴブリン地帯に移動すると、自衛隊のチームにゴーレムまでの道順を聞かれる。地図におおよその位置だけ書き込んでやると、そこに向かうようだった。途中で危険なカラスが出ることも伝えておいた。三つ足のカラス地帯は慎重に進まないと危ない。

そのままハイゴブリンを数時間も狩っていると、蘭華の魔光受量値はいい具合になった。

蘭華をホテルに返したら、今度は俺一人でゴーレム地帯に向かう。

ゴーレム地帯に入ったところで、さっきの自衛隊のチームに出くわした。ここまで来られるのなら、このチームの平均レベルも一気に上がるだろう。オーク討伐作戦を前にして、彼らが底上げされるのはいいことだ。

しかしカラスゾーンを抜けるのが怖いと言われて、一層までの護衛を頼まれてしまった。

作戦

相原も含めてみんな寝込んでしまったので、まだ動けた俺は、探索協会の呼び出しに応じて顔を出した。協会に着くと自衛隊の宿舎の方に通される。

驚いたことに、魔力酔いの最中であろう探索組まで勤務中である。もちろんそんな状態で出来ることなどないから、装備の点検整備をしていた。

やってきたのは一等陸佐だという山田さんと三等陸佐の加藤さんで、二人ともダンジョンで見覚えがあった。

「魔力酔いは大丈夫なんですか」

「もう慣れたよ。辛いけど好きでやってることだからね」

俺よりもだいぶ年上に見える加藤さんが笑って言った。

山田さんは探索に出る全員の魔光受量値を管理しているそうだ。

無駄話をしていたら、一等陸尉の山口という女性が入ってきた。

「私が新宿拠点を管理している山口です。伊藤さんの話は伺っています。今日は現場の意見を聞きたくて呼び出させてもらいました」

「いったい何を聞きたいんですか」

現場というのがダンジョンのことなら、自衛隊の中にも現場に出ている人間は豊富にいるはずだ。

山口さんが視線を向けると、山田さんが俺に説明してくれた。

「自衛隊の精鋭部隊で、北海道において敵保有戦力確認のための戦闘を、オーク相手に行いました。十人の精鋭を二班に分け、二体のオークと、二十一体の上位ゴブリンを撃破しました」

「ゴブリンもいたんですね」

「ええ、偵察するように周りをうろついていて、攻撃するとオークを呼ぼうとするので非常に厄介です」

俺の言葉には加藤さんが答えてくれた。

「伊藤さんは、これを聞いてどう思いますか」

「まあ、そんなもんじゃないですか。でも足場の悪いところでよく倒せましたね。たしか、オークがいるのは山間部ですよね。それもなぎ倒された木が転がっているような山の中だったはずですよ」

「ええ、精鋭の小隊を使って二体倒すのがやっとでした。もし二体以上来ていたら、撤退できずに全滅していたと小隊長は報告しました」

「来月までに、作戦に必要な人数を確保できるとは思えませんね。延期は出来ないんですか」

日本中から参加者を募るのだろうが、強い奴が少数の方がよっぽど楽なはずだ。回復やらなんやらで右往左往していれば、死人が出てもおかしくはない。

「それは出来ません。すでに決定事項です。海外ではオークを倒しているという情報から、もう倒せるだろうという見積もりが出てしまいました。それで予算が下りてしまった以上、上に掛け合っても取り合ってもらえないのです。詳細な日時は調整中ですが、どんなに後ろに伸ばしたとしても、来月の初週のうちには決行します」

あと一週間もない。

国土を占領された状態だから、上層部に急ぎたい気持ちがあるのはわかる。それにオークが札幌の方にまで出てこないとも限らない。

「なら、レベルと霊力を上げるしかありませんね。ゴーレムが倒せるなら、そこでレベルを上げるのが最善だと思いますよ。高価なスキルや魔法がない一般のチームに期待しても無駄でしょう。自衛隊のチームがやるしかありません」

「失礼ですが、伊藤さんの現在のレベルは？」

「34です」

三人が顔を見合わせる。

信じられないのか、山口さんはカラスが落とす鑑定オーブまで持ってこさせて、俺の能力を確認した。

どこまで表示されるのか知らないが、あまり気分のいいものではない。

俺の現在のステータスはこうなっている。

伊藤　剣治
レベル　34
体力　1845／1845
マナ　1624／1624
魔力　349

魔装　381
霊力　42356
魔弾（18）　魔盾（12）　剣術（33）　オーラ（38）
アイテムボックス（25）　猫目（31）　感知（12）
アイスダガー　ファイアーボール　ブラッドブレード　アイスランス
魔光受量値　1895

この頃は、ステータスも若干上がりにくくなっている感じがする。

ネットの情報では霊力を除いたステータスの上がり方には、多少の個人差があるそうだ。しかし、それほどの大きな差は生み出さないとされている。しかし、レベル10前後が多いサンプルでは、レベルの差をひっくり返すほどの違いが生まれていないだけで、俺がその範囲に収まっているのかどうかは不明だ。

加護やスキルも関係あるだろうし、シールドのような防御系スキルは、攻撃を受けなければあまり育たない。つまり有坂さんや桜、さらには蘭華でさえも打たれ弱いことに変わりはないのだ。シールドスキルの高い相原が受ける側に回ってくれたのはありがたい。

その相原もオークの突進を受けられるかは疑問である。

「伊藤さんの見立てでは、どれくらいの戦力が必要だと考えていますか」

「地形にもよりますけど、霊力10000以上が三パーティーもいれば前線の一つは維持できるんじゃないですか」

あまり集まってくるようでは話にならないし、坂の下にでも陣取れば、勢いをつけて突っ込んでくるだろうから吹き飛ばされて終わりだ。高地を何か所か陣取れれば、それほど敵の数は脅威にならないだろう。何より恐ろしいのは、突進からの魔弾である。

山口さんが顔を向けると山田さんが答えた。

「口頭調査の結果を見る限り、実現不可能ですね。自衛隊でもそれだけの戦力となると一小隊を用意できるかもわかりません。東京三班に一人だけ霊力10000を超えた者がいます。参加者の多くは霊力6000前後です。現在、一週間での平均霊力上昇幅は1000程度でした」

自衛隊では、チームではなく小隊と呼ぶらしい。そしてパーティーではなく班と呼んでいる。話を聞く限り、どうもトロールまでたどり着けるような気がしない。

「本当にやるんですか?」

「やるしかありません。できるだけ被害を出さないように対処します」

「俺のチームがトロールを倒せるかどうかもわかりませんよ」

「北海道における敵対巨大生命体、いわゆるトロールと呼ばれる個体の移動速度は大したことがありません。霊力によって強化された探索者であれば、いわゆる引き撃ちが通用するだろうと言われています」

「それって、木とか石を投げてこない場合は、ということですよね」

「そうなります。ですが地上の物質なら立木で防ぐことができますから、森に誘い込めば魔弾以外の脅威はありません」

作戦はちゃんとシミュレーションされ、実行可能な案が考えられているようである。

「代替案として、夜戦に持ち込む方法もあります。高性能な暗視ゴーグルを用いた、急襲作戦ですね。これはどう考えますか」

比較的暗かった裏庭ダンジョンでも、敵は暗闇を障害にしていたという記憶はない。それに猫目のようなスキルがあるのだから、それだけで試練をクリアできるということはないだろう。さらにはハイゴブリンのファイアーボールでも食らえば、暗闇で暗視ゴーグルを失って引き返すこともできなくなる可能性がある。

「それはやめた方がいいと思いますよ。モンスターは魔力を感知して、人間を知覚している可能性があります」

「そうですか。やはり正攻法しかありませんね」

山口さんは作戦を否定されても残念そうなそぶりは見せなかった。きりっとした表情を崩さずに何事か考え込んでいる。仕事モードという感じだが、常にこんなで疲れたりしないのだろうか。

山田さんと加藤さんはぐったりしていて顔色も悪い。今にも死にそうなくらいだ。

「また話を聞かせてもらうこともあるかもしれません。伊藤さんの強さの秘密は教えてはもらえないんですよね。ゴーレムだけが秘密ではないはずですが」

俺は何のことやらという感じで笑ってごまかした。

詳しい日時と作戦は追って連絡しますと言って、打ち合わせなのか聞き取り調査なのかわからないものは終わった。その後で加藤さんに施設の中を見せてもらったが、食料を革で包んで革ひもで縛ったものなど、探索に使う物資を作っていたりする。そういったものも自分たちでやっているのだ。

スキルストーンやスペルスクロールの在庫も見せてもらった。必要なものがあれば言ってくださいとの申し出も受けたが、欲しいものはなかった。金色のものは自衛隊内でも人気があって、抽選になるそうだ。

そんなことで使用者を決めていいのかとも思うが、そういうことになっているらしい。

俺が村上さんに頼んでおいた回復クリスタルが、ちゃんと自衛隊に渡っていることも確認できた。カギのかかった部屋に保管しているから、高級品扱いでレベル上げに使うような様子はない。

作戦中はクリスタルが命綱になる。

最後に噂に名高い自衛隊カレーを食べさせてもらって、俺は探索協会を後にした。

宝物庫

休日が開け、五人そろって三層に降りる。

舗装されたような平らな道はどこまで続いているのか見えないほどだ。神殿のような建物と石塔が見えてきて、そろそろかなという感じがする。上位の加護を見つけるたびに、蘭華たちに新しい加護を受けさせた。俺も武器での攻撃力を上げる武装の加護を受けた。

これは身体能力なども上がるが、デメリットは魔法威力の三割減と強烈である。

さすがに魔法頼みで戦うこともなくなって、しばらくは魔剣中心に戦うつもりだったからこれでいいだろう。

蘭華は舞踏、有坂さんは魔導、相原は武勇、桜は司祭の石塔からそれぞれ加護を受けた。

蘭華は魔装滅、有坂さんと桜は体力の最大値減、相原はマナの最大値減がデメリットである。

強化されたのは、それぞれの役割にとって効率を上げるものだ。

しかし、まだこの辺りの石塔ではメリットのわりにデメリットがきついように思える。半減する最初の加護よりはいくらかマシになった程度だ。

奥に進んでいくと、金属製の装備を身に着けたコボルトの強化版が出てきた。

施設を守るのは番犬という決まりでもあるのだろうか。

オーガはほとんど俺が倒していたが、こいつらが相手だと他の四人にも倒してもらわなければならない。

そう思いながら魔剣を振り下ろしたら、強化コボルトの持つ金属の盾は真っ二つに裂けて、同じく金属の胸当てごとコボルトは両断された。

「頭のおかしい威力ですね」

そう相原が言ったが、俺も同じ感想だった。今まで加護を受けてこなかったが、こんなにも変わるものなのだ。

最近は周りのことばかり気にして、あまり熱くなれていなかったが、久しぶりにわくわくしてくる。

相原に有坂さんと桜を守る役目を押し付けて、俺はコボルトの群れに突っ込んでいった。

成長を実感できて、なにをすればいいのかシンプルなほど楽しい。

強化されたコボルトは重い装備を付けていても反応が鈍っていないから力試しになる。

全力で踏み込めば群れで飛び上がるが、その場に下半身を残している。

だいぶ大きな剣を使うのにも慣れてきて、踏み込みながら振ることができた。うまく力を乗せれば、コボルトの反応よりも早く振ることができる。下手に力まないで、流れるような動きをイメージすればいいのだ。

途中まで蘭華が俺に付いて来ようと頑張っているなという考えが頭のすみにあったが、いつの間にかそれすらもなくなって感覚だけになっていた。言葉では考えていないが、頭はちゃんと働いている。

地面を蹴って剣を振るまでの動作が、次の動作にうまくつながって、コボルトの残骸が宙を舞う。

その残骸が地面に着く前に、次の残骸がまた宙を舞っている。

気の毒なことに、コボルトは盾でも剣でも俺の攻撃を防ぐことができない。そして飛び上がったのでは遅すぎる。

目潰しのつもりか砂を蹴ってくるが、動きは見えすぎるほど良く見えているから避けられないわけがなかった。猫目のおかげで見えていることに気付いたのはずっと後のことだった。

背後の敵の位置すら感じ取れて、たとえ目が見えなくても感知と魔力によって、居場所を感じ取れる自信がある。

やはり山口さんに暗視ゴーグルは無意味だと言っておいてよかった。

コボルトの残骸を舞い上げるのが楽しくて、ついつい夢中になりすぎてしまった。何時間夢中になっていたのかわからないが、正気に戻った時には自分の心臓の音と激しい呼吸音にギクリとした。

自分が発していた音だとは思えないほど息が上がっている。

恐る恐る後ろを振り返ると、四人の呆れたような顔が遠くに見えた。

酸欠でブラックアウトしそうになりながら、みんなのところに戻る。

「惚れました。弟子にしてください」

と、相原が安い土下座と共に言った。その相原を無視して、俺は三人に謝った。

「つい楽しくなっちゃってさ。悪かったな」

「集中しすぎよ。あんな動きに私がついていけるわけないじゃない。何度も、待ってって言ったのに、聞こえてもいないじゃない」

「ありえない動きです。信じられません」

桜はなにかビビっているような感じだったので、俺は慌てて言い訳をした。

「慣れてるからな。レベルさえ上がれば誰にでもできることだよ」

「……そうかしらね」

「ドロップアイテムはどうした」

「みんなで拾ったわよ」

俺の踏み込みに耐えられなかったのか、革のブーツに穴が開いていたので、強化コボルトから出た新しい靴に変えた。ブーツというよりはミドルカットのスニーカーみたいな靴だ。こっちの方が動きやすいから、蘭華にも同じものを装備させた。

すでに昼休憩の時間になっていたので天幕を出して休んだ。いくら何でものめり込みすぎだ。

午後は自分ではあまり倒さずに、俺以外の四人の動きを指示しながらやった。

頭が冷静になったのか、周りの動きがよくわかる。

相原は状況判断が出来ていないし、蘭華は周りに合わせすぎて動きにキレがない。

有坂さんはもっと敵だけに集中すべきだ。

桜は位置取りが危なっかしい。

それらを指摘していくだけで、有意義な連携が生まれるようになる。

夢中になって突っ込んでいった俺が言えた義理ではないが、四人とも俺の言う事をちゃんと聞いてくれた。

新しい加護を受けて、デメリットが減ったことで動けてる部分もあるように思う。

有坂さんもマナクリスタルを使えるようになって枷が外されたようなものだ。

気が付いたら、城壁のある宝物庫まで来ていた。

今回は途中に中ボスも居なくて、東京のダンジョンにボスはいないのかと思っていたら、やはり城壁に空いた入り口の前で待ち構えている巨体がいた。

五メートルはある一つ目の巨人だ。

「サイクロプスってところかな」

「ど、どうするのよ」

距離をとって魔法で叩けば倒せてしまいそうな感じがする。しかし、せっかくのボスだから俺が自分で倒したい。

俺は何も言わずにサイクロプスの元まで歩いていった。

巨大な腕の先がブレードのようになっている。

懐に潜り込んで、魔剣で斬りつけると金属でも殴ったような感触がした。

有坂さんのトリプルマジックアローを、一つ目の巨人——サイクロプスはマジックシールドで防いだ。こいつのマジックシールドは、有坂さんの魔法を三発受けて砕けもしない。

蘭華が瞬歩で腕に乗り、そのまま駆け上がって目を狙うが、サイクロプスは体を帯電させて対抗した。

電撃にやられた蘭華が降ってきて、俺はそれを受け止めて距離をとる。蘭華を地面におろすと、俺はもう一度懐に潜り込んで足を斬りつけた。

わずかに裂けるが、全力で斬りつけてもそれだけだ。

掬いあげるように腕の先についているブレードを振るわれ、それを受けた俺は十メートルも後ろに飛ばされた。

相原が突っ込んでいき、振り下ろされたブレードを受けたところで、俺は相原を足場にして飛び上がる。

目に向かってアイスランスを放ち、それを敵がブレードで受け止めたところに、その腕をめがけて魔剣を振り下ろした。

バギンという音がして、バリアのようなものが砕けた感触がした。どうやらオーラのようなもので守っていたらしい。

しかし、空中に飛び上がってしまった俺は、思い切りブレードを食らって吹き飛ばされる。

桜のヒールが飛んできたのか、着地した時には傷が治っていた。

今まで傷一つつかなかった鎧は、切り裂かれて肌が見えていた。かなり深い傷を負わされたようだ。

サイクロプスの足元で相原が叫んだ。相原の盾は、もう半分がほとんどつながっていないような状態だった。

その瞬間マズイと思ったが、ブレードの攻撃が相原に振り下ろされる。

マジックシールドの弾ける音がしたが、蘭華が蹴っ飛ばして相原をブレードから逃した。蘭華はその場に座り込んでしまっている。

俺は蘭華を庇うために、全力でサイクロプスに突っ込んだ。

相手の攻撃を弾き飛ばし、一太刀目で足を両断し、次の一撃で膝をついたサイクロプスの眼に剣を突き入れた。

オーラのようなスキルを砕いてしまえば、サイクロプスは大した相手ではなかった。

巨体が炭になって崩れ去る。

ドロップはサイクロプスのブレードが付いた、薙刀のような槍だ。

それに幻影のローブが一つ落ちていた。

よろよろと相原がこちらに歩いてくる。脳震盪《のうしんとう》を起こしているのか、視点が定まっていない。

「お前は無茶しすぎだぞ」

「そうでしょうか」

半分壊れた兜を頭にぶら下げながら、相原が言った。

「もっと相手の攻撃をよく見ないと駄目ね。今の死んでたわよ」

蘭華に言われると、相原は赤くなって俯いた。

「この槍はお前のだな。そしてこっちは蘭華だ」

俺はドロップの槍を相原に投げて、ローブを蘭華に渡した。そして俺は宝物庫の中に入って、中心にあったオーブを起動させる。

無事宝物庫の管理者権限を得た。

「すごい。宝箱がたくさんありますよ」

「こりゃあ壮観だ」

壁には精緻な彫刻がびっしりと刻まれ、シャンデリアが煌々とした光を放っている。内部は最近まで使われていたかのように綺麗だ。

桜は宝箱の数に驚いたようだが、元々ここは宝物で埋め尽くされていたような部屋だ。それなのに宝物は残っていなくて、宝箱が並べられているだけだった。

宝物しかないよりは、武器や使役魔獣の可能性もある宝箱の方がマシだと考えることにしよう。

宝箱

蘭華がいきなり宝箱を開けようとしたが、権限がないので開かない。かわりに俺が開けると、マナの回復が上がる魔導士のローブが出てきた。

俺は武器を望んでいたのだが、この魔法による抽選の難しいところは、一番望んでいるものは出ないようになっているところだ。だから少しずれたものが出てくる。

俺は魔導士のローブを有坂さんに渡すと、何も考えないようにしながら次の宝箱を開けた。

出てきたのは、金色に輝く連続魔法のスキルストーンだった。それも有坂さんに渡す。

今の有坂さんの魔法では、とにかく威力を上げなければ話にならないのに、なんとも微妙な感じである。

「これも私が使っていいのかい？」

「ええ、出たアイテムは、それを活かせる人のものという事で」

「異議なし！」

自分の幸運を信じて疑わない相原が俺の言葉に賛同する。

次の宝箱から出てきたのは、最高レアの刀だった。しかし切れ味がいいだけで特殊な能力はない。

「それ、僕のですよねえ!?」

「いや、蘭華だな」

「わー、ありがとう！　ごめんね、相原くん」

ごねられると思ったのか、あきらかに蘭華は相原を黙らせるために話しかけた。

話しかけられた相原は赤くなって俯くだけだ。

次に出たのは昆虫の足のようなものが生えた具足だった。壁を登れるようになるものだが、これは蘭華に持たせるのがいいだろうか。壁のぼりなら有坂さんか桜もありである。

とりあえず保留にして、次の宝箱を開けた。

出てきたのは、ぶ厚いタワーシールドだった。レアとしては最高レベルだ。それを相原に渡すと、なんとも微妙そうな顔をした。

次に出てきたマジックハットを桜に渡し、光る靴下のような飛翔の靴を蘭華に渡す。

そしてさっきの昆虫の足がついた具足は有坂さんに渡した。

祭事装束は桜、いくつか出た鎧は動きやすそうなものが俺で、軽そうなものが蘭華、頑丈そうなものを相原に渡した。

魔法とスキルが出なくて、焦りが出てくる。残った宝箱はそれほど多くない。

大したレアでもない、プロテクションクロークが二つ出て俺と相原で分けた。

あとは昼夜を逆転させる宝物である夢幻のロウソク、防御系アクセサリー二つ、マナを回復させる蜘蛛糸のローブだ。

守護竜の首飾りは俺で、スケープゴートの首飾り、蜘蛛糸のローブは桜に渡した。

スケープゴートの首飾りは、致死性の攻撃を魔法によって作られた人形を身代わりにして一度だけ助けてくれるというものだ。絶対に落とされてはいけないのに、極端に打たれ弱いヒーラーに持たせるのがいいと考え桜に渡した。

ここまでスキルと魔法が少なすぎる。

とうとう最後の宝箱まで来てしまった。冷や汗をかきながら空けたら、出てきたのは筋斗雲だった。空を飛ぶ雲だ。

「それこそ僕のだ！！！」

「いや、みんなで使えばいいだろ」

「そんなあ！」

これで戦力は上がったのだろうか。もっと劇的な奴を期待していたのに、スキルも魔法も宝物も微妙過ぎる。

「ねえ、あれも宝箱じゃありませんか」

桜が指さした先、二階の踊り場のような場所に宝箱が見える。

飛び上がって二階に移動し、それを開けると、魔槍のスペルスクロールが出てきた。ブラッドブレードのように武器に付与する魔法だ。

「よかったな。相原のだぞ」

「ありがとうございます！」

そもそも魔獣の封じ込められた武器防具が、有坂さんに渡した具足しか出ていない。

蘭華の靴もそれに近いものだが、どうにも攻撃の足しになるようなものじゃない。

最高レアの武器が蘭華の刀だけというのはいくらなんでもだ。

蘭華を管理者にして、蘭華に宝箱を開けてもらえばよかったかなという気持ちになった。アイテムリストを知っている俺だと、どうしても欲が出てしまうのだ。

個人的に蘭華に必要だと思ったのは、勝手に回避してくれるような鎧だったが、それが武器になってしまっている。

そういえば蘭華の開けた宝箱から出たのも武器だ。あいつは俺に防具が必要だと考えたのだろうか。そうなると俺の身を案じてという事になるが……。

皆が楽しそうにわいわい浮かれているところから蘭華を引っ張り出して、俺に惚れてるのかと聞いたら殴られた。

「救いようのない馬鹿ね」

「そうなのかなって気がしたんだよ」

「どうしたら、そんな考えが浮かぶのよ！」

「顔が赤いけど、違うのか」

「違うわよッ!!」

いつの間にか、三人から変な目で見られていたので、それ以上の事は聞かなかった。

宝物庫の戸締りをしてダンジョンから外に出たら、眩しいくらいの青空だった。その真っ青な空を見ながら、今後のことを考えた。

※

「長い付き合いだけど、そこまでの馬鹿だとは思わなかったわ」

「そうかよ」

ホテルで晩御飯を食べている時になってさえ蘭華は怒ったままだ。

なんで、あんなつまらないことを聞いてみようという気になったのか自分でもわからない。いろいろテンパっていたから、俺の精神状態も変な感じになっていたのだろう。

武器が微妙だったから、これからの方針としては、やはりレベル上げしかない。

蘭華はやっと霊力１５０００くらいだ。

だけど装備とスキルだけは俺よりも良くなった。

「自分だけあまりいい物が出なかったから、落ち込んでいるんでしょう」

「俺以外が不甲斐ないから悩ましいんだよ」

「剣治がいればオークくらい何とでもなるわよ」

「トロールはわからないけどな」

そもそもオークの心配などしていない。さすがに冒険者が集まれば、なんとかなるようなものだ。

沈黙が流れ、その沈黙を破って唐突に蘭華が言った。

「でもね、皆が剣治のようになるのは無理よ。普通はあんなに集中できないし、あんなに勇敢になれないわ。私も真似してみたけど駄目だったもの」

サイクロプス戦のことを言っているのだろうか。早々に電撃で動けなくなった蘭華は、相原を蹴ったくらいしかしてない。

もっと負けず嫌いだと思っていたから、その言い草はちょっと意外だった。

「そうかな。レベルと霊力が上がれば行けるんじゃないか」

「無理ね。剣治の強さはそんなものじゃないのよ」

こんな素直に負けを認める女だったろうか。

じゃあ何が原因なのかという気がするが、蘭華は何も言おうとしなかった。

こちらとしては、もっと張り合ってくれた方がありがたい。

「まあいいよ。トロールくらい俺が倒してやるからさ」

「だけど無理は駄目よ。約束しなさい。ただ無謀に任せて動く剣治を、そのままにして死なせたら、おばさんに合わせる顔がないわ」

それだけは約束できない。むしろ無理をするためにトロールに挑むのだ。

「約束するよ」

「気持ちがこもってないわ」

睨まれたが、かわいい顔をしているなとしか思わなかった。

とりあえず、明日は裏庭ダンジョンに行って上位骸骨でも倒してくるかと考える。

できれば今日中に移動しておきたかったが、そんなことを考えている暇もなかった。いや、夜なら空飛ぶ雲に乗って移動すればいいのだ。そんなことにすら思い至っていないから抜けている。いつまでも引きずっているべきじゃないなと気合を入れなおした。

裏庭ダンジョンでは、上位骸骨すらもはや楽勝である。どうも強化コボルト相手に夢中になって以来、体が思い通りに動いてくれる。

上位骸骨だけじゃ物足りなくて、その奥にいたオークゾンビも相手してみたが、あれほど苦戦した相手が障害にもならない。この調子なら、本当に俺一人でどうにでもなるんじゃないかという気がしてくる。魔剣の回復にすら頼らずに、あっさりと倒せてしまった。

そして、念願のイエロークリスタルがやっと通常ドロップで出てくれた。それを百個ほど量産して東京に帰った。

帰りは雨が降っていて、とてもひどい目に遭った。

海

雲に乗って遊びたいという相原兄妹のために、二人のアパートがある千代田区までやってきた。外から声をかけると、二人は揃って隣り合った扉から出てきた。

「ちょっと機嫌が悪そうに見えるな」

「伊藤さんなら理由がわかるんじゃないですか」

「いや、想像もつかないよ」

そんなこともわからないのかと相原は鼻息を荒くする。

「僕と伊藤さんだけ、大したアイテムを手に入れていないじゃないですか」

つまらない理由に俺は呆れるしかない。

「それを言うなら俺の方が少なかったぞ。お前はいくつも貰ったじゃないか。かっこいいのがなくて怒ってるんだろ」

「いえ、僕はチームに対しては献身的な精神を持ち合わせているので納得しています」

「嘘つきで、強欲で、いいところが一つも見つからないな、お前は」

「誉め言葉と受け取っておきましょう」

「それよりも、あの建物は何だったのかしら。あんなものが地底にあるなんて気味悪いですよ」

「確かに。モンスターの発生源と何か関わりがあるんですかね」

「俺にわかるかよ。それよりもどこに行きたいんだ」

「憂さ晴らしが出来るならどこでもいいっすよ」

好き放題に生きていて、どこに憂さの貯まる余地があるんだよという話だ。

大図書館の知識では、この雲では騎乗魔獣である麒麟には対抗できない。魔法による攻撃を受けてしまえば、騎乗魔獣のように魔法やアイテムで治すということは出来ないし、すぐに機能が落ちて墜落の危険性がある。

もし対抗できるのなら、また現れた時のために隠しておくメリットもあるが、対抗できないなら、噂にして相手に危機感を持たせた方が、日本のダンジョンにちょっかいを出しにくくなっていいのではないかと思う。現に魔法の絨毯が日本にあるうちには、あいつはやって来なかったのだ。日本にやってきたのは、魔法の絨毯が海外の金持ちの手に渡ってからである。売らないと言っていたくせに、とんでもない額を積まれて持ち主は売ってしまったのだ。

「これを売ったら、みんな一生遊んで暮らせますよね」

「似たようなものが出てくるだろうし、どうだろうな」

「でも、法律で海外の人には売れなくなるみたいですよ」

ダンジョンの攻略が終わったらどうでもいいのだが、それまでは売らずにとっておきたい。

それを相原に納得させておく必要がある。

「しばらくは俺たちで足がわりに使えばいいだろ」

同意を求めた俺に、相原は青い顔を向けた。

「楽しむどころか、金玉が縮みあがって手がべたべたですよ」

最初の十分くらいは俺も死ぬほど怖かった。しかし、すぐ慣れて恐怖は感じなくなる。

下にいる人たちに見つかったので、今日の夕方頃にはニュースに取り上げられるだろう。これであの麒麟に乗った奴への牽制になればいいが、持ち主として俺たちが取り上げられるのはあまり感心しない。

地上からなるべく顔がわからない距離を保って飛行した。

鎌倉の山中に降りて、海で少しだけ泳いだ。少しだけと言っても、力も体力も肺活量も探索者のそれだから、ひと泳ぎのつもりで、あっという間に沖に出てしまった。

「伊藤さん、高そうなエビがいますよ。捕まえましょう！」

「……それ密漁なんじゃないのか」

少し泳ぐだけだと言ったのに、相原はシュノーケルまで買っている。そして同じものを桜にまで買って、密漁を強要していた。

相原は捕まえられなかったが、桜が一匹捕まえて相原に取られる前に逃がした。

まだ魔力酔いの強い桜の顔色がよくないので、早々に切り上げて帰ることにした。

二人を帰してホテルに戻ると、蘭華が部屋にやって来て、俺に買い物袋を投げてよこした。

「自分だけ遊んできたのね。こっちはアンタが、ずだ袋みたいな服をいつまでも着ているから、哀れだと思って買い物に行ってきてあげてたのよ」

「相原が雲に乗せろって、一日中メールを寄こすんだから仕方ないだろ」

「私も連れていけばいいじゃない」

「お前があんなもので喜ぶとは思わなかったんだよ」

「馬鹿じゃないの。喜ぶわけないでしょ。それで鎌倉で遊んできたわけね」

「なんで場所まで知ってるんだ」

「ニュースでやってたわ」

これで蘭華をどこかに連れていったら、有坂さんもという事になりはしないだろうか。有坂さんはダンジョン教室に行っているので、休みの日は忙しい。

「鎌倉じゃ寒かったから沖縄でも行ってみるか」

行きたくないようなことを言っていたくせに、水を向けたら蘭華は顔を輝かせている。本当に行くことになってしまって、四時間もかけて沖縄の無人島まで行った。

そこでも俺はコンビニで買った五百円の海パンで泳ぐことになる。

蘭華はとても高そうな水着を着ていた。

どうにもこいつは、ダンジョンで拾ったものを勝手に売る癖がある。相原ですら拾ったものは最後には俺に集めるという意識があるのにだ。

しかし、普通のドロップ品の処理など、もはやどうでもいい。

「何考えてるのよ」

「……泳がないのか」

「子供じゃないのよ」

さすがに水着で近くをうろうろされると恥ずかしい。

シートやらなんやらの準備が済むと、俺の隣に座ってくれたので、視界から見えなくなって安心する。

「これで、どこのダンジョンでも行けるようになったな」

「そうね。でも、心地よく移動できるのは、今の季節だけじゃないの。私は冬にあんなもので移動するなんて御免だわ」

「お前は歳を重ねるごとに性格が刺々しくなっていくよな」

「はあ？　ふざけたこと言ってると、容赦しないわよ」

大人っぽくなったのは見た目だけで、中身は昔から何も変わっていない。闘争心にあふれた目で睨まれては、さすがの俺だって何も言えなくなる。綺麗な景色を前にして、よくそんなことばかり言ってられるものだ。

昔は俺が子分のように連れまわしていたのに、最近は俺の方ばかりが振り回されているように思えた。その関係が逆転したのはいつ頃からだろうか。

※

休みが終わったら、五人で三層を回ることにした。

更衣室から出ただけで、皆の装備が尋常じゃないから注目を集めた。蘭華なんて足が光っているし、有坂さんはローブの裾から足が四本出ている。相原は重そうな盾を背中に担いで、どしどしと歩いていた。構えたら全身が隠れるような、とてつもなく大きな盾だ。

「見てください。テレビの取材カメラまで来ていますよ。もはや僕らに文句を言える奴は誰も居ませんね」

「そんなの、もともといなかったろ」

「早く新しい装備を試してみたいですよ。さっさと下まで行きましょう」

三層に降りても、先行した蘭華がすべて倒してしまって、俺たちに出番はなかった。やたらと足の速い奴である。

新しく出た刀は、オーガの胴体を一刀の元に真っ二つにした。

有坂さんの魔法も次から次へと放たれ、オーガくらいなら軽々と倒している。

宝物庫に入る前は、俺一人しか戦えなくて、全部俺が倒していたのにだ。

やっと戦力になってくれたかと、うれしい誤算だ。大した武器も出なくて落ち込んでいたのに、こんなにも戦えるようになってくれるとは思っていなかった。

相原もオーガの棍棒に殴られたくらいじゃびくともせずに、魔槍によって伸びた槍が相手に届くようになった。魔槍はいきなりグンッと勢いよく伸びるから、相原のリズム感のなさも手伝って敵も避けにくいだろう。重量のある盾が衝撃を殺してくれるから、持ち手にも負担がなさそうだ。

相手が強化コボルトに変わると、三人はまだスピードについていけなくなったが、レベルを上げれば何とでもなりそうだ。

有坂さんは手数頼りだし、相原は無謀さに磨きがかかったが、決して悪くない。

これならオーク討伐に参加するメンバーを鍛えた方がよさそうだが、どっちを優先したほうがいいのだろうか。

「相原、もっと周りを見ろ」

「えっ、周りに敵なんかいないじゃないですか」

「有坂さんの射線を遮ってたぞ。それに槍を振り回したら蘭華が近寄れない」

「なるほど。勉強になります」

素直だが、まだこんな調子なのだ。

蘭華と有坂さんは今日で、霊力２００００を超えるだろう。桜と相原はそれよりも６０００くらい遅れている。

数だけは多い強化コボルトを相手して、その日の探索を終えたら、俺は自衛隊の宿舎に顔を出した。そこで赤ツメトロに蘭華と有坂さんを貸し出したいと伝え、自衛隊の方は俺が手伝うと申し出た。

すでに二回くらいしかダンジョンに潜れる余地はないが、それでも霊力の底上げにはなる。

山口さんは日程表を眺めながらいいでしょうと言ってくれた。

そして、もう一つ参加する船橋のチームには、相原と桜を派遣することになった。

「ですが、東京班だけだけが参加する作戦ではありません。伊藤さんとダンジョンに行くメンバーはこちらで選ばせてください。他の参加チームに関しても、こちらでメンバーを指定します」

普段は品川や船橋、赤羽の入り口を使っているチームが新宿までやってきた。

そこで初顔合わせとなる自衛隊メンバーとともにダンジョンに入った。

蘭華と有坂さんは、すでに四人ずつ引き連れてダンジョンに入っている。

俺も一直線にゴーレムを目指したが、すでに蘭華と有坂さんに狩りつくされていたので、コボルトを目指した。魔法を使ってくる相手だが、敵の数にも限りがあるから仕方ない。

「自分たちがダメージを受けても気にしないでください。超回復がありますから」

そう言ったのは山田さんだった。

俺はその超回復とかいう言葉を聞いたことがない。最近はネットもやってないし、情報を得ていないのだ。

「なんです、それは」

「知りませんか。レベルが上がると、霊力を使って素早く回復できるようになるアレをそう呼んでいるんですよ」

そんなことが出来たのかと思いながら話を聞いていた。

できれば使ってほしくないが、それは無理な相談だろう。加護から得られる自然回復は、かなり時間がかかるので休憩が必要になる。

俺は一チームにつき二回、計四回もダンジョンに入ることになった。

さすがにパワーレベルリングであっても、そんなことをしていれば自分の魔光受量値も４０００を超えてしまう。筋斗雲で簡単に裏庭ダンジョンに行けるようになったのに、まったく手が付けられなかった。

ゴーレムとコボルトを一日に千体以上は倒しただろうか。参加者のほとんどは、１００００を超えるところまで霊力が上がった。

驚いたことに山口さんまでも探索組で、霊力を１５０００まで上げている。そして山口さんが陰で、探索組のアイドルと噂されていることまで知ってしまった。どこにアイドル要素があるのかわからない。どちらかと言えば近寄りがたいオーラを放っている。

相原と桜も無事に霊力２００００を超えた。

俺は５００００を超えて、蘭華と有坂さんも２００００台半ばまで届きそうだ。

格下狩りでは上がりにくいはずだが、あまりに倒した数が多すぎて上がったようだった。

魔光受量値を下げるため、それから二日ほど買い出しや準備で消費して、特にお菓子などの間食を革で包んだものを作ったりしていた。

立ち入り禁止区域の周囲では、ほとんどの店が閉まっていて、買い出しなどができるのは初日のみだと言われている。

決行日前日、国が費用を出してくれた飛行機に乗って北海道に向かう。

まるで戦地に向かう兵士のような気分だ。

空の上ではアイテムボックスの使用と喧嘩は厳禁であると言い渡されている。どちらも墜落の危険性があるから、誰もそれを破らなかった。

俺は誰かが飛行機を壊して、墜落するんじゃないかと思って青くなっていた。誤って壁を壊すくらいは誰にでもあることだ。蘭華はそんな間抜けはいないでしょと笑っていて、その言葉に俺は傷ついた。

飛行機から降りると、少し肌寒さを感じる。東京ではまだむわっとした暑さが残っているのに、こっちはもう秋になったような気配だ。

「なあ、佐伯はうちで預かれないか」

空港のロビーで京野がそんなことを言ってくる。

「無理だよ」

あそこまで育て上げるのに、どれだけ労したか。そんな話には耳を傾ける気にもなれない。

「あの有坂ってのはロビンフットだろ。いつの間にスカウトしたんだ」

「講習会で席が隣だったんだ」

京野はへらへらと笑っていて、その緊張感のなさが怖くなる。北海道の開けた大地でオークと戦い、背丈がビルほどもある怪物までいるというのに何も感じないのだろうか。

ガラス窓は曇っていて、外は寒そうだった。

「ビビってんのかよ」

「まあな。少し怖いよ」

「お前がそんな調子じゃ、こっちまで怖くなってくる」

そんなことを笑いながら言っているから説得力がない。少しは怖がれよと思うが、根本的に楽天家なのだろう。もしくは俺のように重要な役割を与えられなかったからか。

山口さんから詳細な日時と作戦を知らせるメールが来た時から、俺は変なプレッシャーをずっと感じている。そこにはトロールと戦う作戦決行日時まで決められていたのだ。なんでも、俺がヘイトを買って引きずり回す作戦らしい。

「アイツ、あんな調子で大丈夫なのか」

「平気よ。どうせ戦いが始まれば、誰よりも無謀な行動を率先してやり始めるようになるわ。止めたって聞く気もないいんだから」

「戦いが始まるまでは、いつもあんな調子なのか」

「どうだったかしらね」

俺に聞こえるところでなにを言ってるんだと思ったが、口は挟まなかった。

無謀ではなく、現実的に考えて敵を倒すしかない場面になったら、それに集中しているだけだ。

「不満そうな顔をしてるぞ」

「あら、不満そうね」

おちょくって遊んでいるだけかと気づいて、俺は無視することに決めた。

これは戦争以外の何物でもないと思うが、なぜか俺以外は遠足気分である。

「飲むかね」

有坂さんがビールを持ってやってきた。この人も昼間から飲んでいて大概である。かなり飲んでいるのか顔が赤い。

俺は首を振って断った。

そんなことで、もし明日までアルコールが体に残ったらどうするのだろうか。

「君がそんな調子じゃ、周りも不安になるよ」

「アドレナリンが足りてないんすよ。伊藤さんは。そっとしておいてください」

相原が勝手にそんなことを代弁している。こいつは周りが女だらけで、有坂さんから離れられずにずっと付きまとっていた。

この中では、俺しか作戦の詳細は知らされていない。

北海道のダンジョンは、日本にある中では最も厩舎に近い入り口である。一度はそこから攻略したいとも考えたが、距離的にダンジョン内で一泊しなければたどり着けなくて諦めた。だから北海道の入り口を開放するこの作戦の成否は、俺の選択肢を広げる意味でも重要なのだ。

「空港のそばに知り合いがやってるレンタルバイク屋があるんだ。借りてみないか」

「借りてみないかって、有坂さん酒飲んでるじゃないですか」

それに今はホテルの割り振りを決めている最中で、ロビーから出るなと言われている。

「北海道は道が空いてるから平気だよ」

「いや、俺免許持ってませんよ」

いいからいいからと、有坂さんは俺を連れ出して、本当にバイクを二台借りてしまった。買い取るのかというくらいの額をバイク屋に渡しているのはなぜだろうか。飲酒運転をする口止め料かと思っていたら、バイク屋は丁寧に乗り方を教えてくれる。有坂さんは、事故っても死なないからほどほどでいいよなんて言っていた。

かくしてギアを変えるたびにガッコンガッコンと吹き飛ばされそうになりながら、バイクに乗る羽目になってしまった。有坂さんが前を走っていて、それについていくだけでも精いっぱいだ。

あの空港は、オークの砦に近すぎて普段は閉鎖されているような場所だから、下手したら帰れなくなるなんてことがあってもおかしくはない。なんでこんなことになっているのだと思いながらバイクを走らせた。

バイクのことはよく知らないが、やたらと力があって簡単に数百キロ出る。

しばらくして、やっと慣れてきた頃には全身が汗だくになっていた。

なにか通行止めのような場所を越えたと思ったら、有坂さんは本気でスピードを出し始めた。先ほどまでのノロノロ運転とは違って、本気でスピードを出さないと背中も見えなくなる。

いったい何なのだと思いながら必死でついて行ったら、有坂さんは何もない道の真ん中で急にバイクを止めた。

二百キロ以上出していた俺は、力ずくで止めようとしてブレーキを壊し、止まり切れずに横転して、バイクを捨てながら腕の力だけで飛んで着地した。バイクは火花を上げながら地面の上を滑っていって、草むらに突っ込んでしまった。

さっきから人通りもなくて、走り出してからここまで、まだ車を一台も見ていない。こんなところじゃロードサービスも呼べないんじゃないだろうか。

辺りは鬱蒼とした森の中だ。——いや、もとは畑だったのが放棄されたのか、生えている草木の高さが同じになった藪だった。

「なにを考えているんですか」

「来たよ」

有坂さんの指さした先には、でかいイノシシ、ではなく二足歩行のオークがいた。そのオークは前足を下ろして、こちらに突っ込んできた。

見ればオークの後ろには、砦のように組み上げられた木が遠くに見える。

俺は慌ててヘルメットを投げ捨てると、アイテムボックスから剣を引き抜いて、オークに叩きつけた。オークはそれで倒したが、その後ろでは森から頭が出るほどのトロールがこちらを見上げていた。

いつの間にか、俺たちは砦を見下ろすような位置の丘の上にいたのだ。

立ち入り禁止区域だから車を一台も見なかったし、放棄された大きな畑があるのだ。

有坂さんが放った三本のマジックアローは、トロールにぶつかったところではじけ飛ぶ。

「やはり魔法は効かないようだね」

トロールはでかいが、動きは早くない。毛むくじゃらの猿のような巨体が、のしのしとこちらに向かって歩いてくる。

当然ながら俺の放ったアイスランスも弾かれた。こんなものを魔法の引き撃ちで倒すことは出来ない。

だが、剣なら倒せないこともないように感じた。

「下見はこれくらいにしよう。さ、早く後ろに乗って」

有坂さんのバイクの後ろに乗って、俺たちはその場から逃げた。

途中で道を歩いていたオークの魔弾を食らって、有坂さんのバイクも粉々になり、俺たちは筋斗雲に乗ってその場から去った。追われないように高く上がってから逃げたので、空港の方までやってくることはないだろう。

何考えてんですかと憤る俺の前で、まずは敵を知ることさと言って有坂さんは笑っている。下見などしなくても、自衛隊の撮影した映像がテレビで何度も流れているのにだ。それでも、いつの間にか最初に感じていたような不安はなくなっていた。

人間は詳細のわからないものに対して、不安や恐怖を感じる。トロールの詳細を知ってしまえば、今まで倒してきたモンスターがでかくなっただけに過ぎないと思えるようになっていた。

決行日

確かにダンジョンから生み出されるモンスターは、執拗に追いかけたりしないから、下見はありだったのかなとも思う。

空港まで戻ってきたら、上を見ている人がいなければいいな、という希望と共に降りた。移動してる間は、上にかかっていた雲と同化していたから大丈夫だろう。

俺たちはまた空港内に戻ってきて、蘭華たちと合流した。

京野が蘭華に付き合って待っていてくれたようだ。

「どこ行ってたのよ。皆とっくにホテルに行ったわよ」

「トイレで震えてたんじゃないのか」

「そんなところだ。さっさとホテルに荷物を置いて、飯でも食いに行こうぜ」

「ご飯も用意してくれてるわよ」

「なんだよ。急に腹が据わった顔になったな」

ホテルに着いたら、すでに自衛隊によるブリーフィングが始まっていた。ひたすら長い説明を聞きながら、俺たちは飯を食った。

班ごとに分けられ、詳しい役割を説明されたが、俺はろくに聞いていなかった。バイクの免許をとろうかななんて考えていた。あそこに捨てるように置いてきたバイクは修理して使えないだろうか。

すでに自衛隊が考えた作戦は破綻したようなものだ。オークは倒せるが、トロールは倒せない。試練は、リスクを取って戦おうとする者にのみ、道が開けるようになっている。ノーリスクで倒そうとする考え方にこそ、危険が伴うようになっているのだ。

作戦を立案している人たちは不安で仕方ないだろう。これまでやってきた戦略の延長でどうにかしようとしているのだろうが、通用するかどうかなんてわかっていない。わかっているのは、相手の弱点として移動速度が遅いという事だけなのだ。そう考えると、普段ダンジョンに入っている山口さんあたりが、今回の作戦を立てているのだろうかという気がしてきた。

蘭華が熱心に聞いているから、そっちの方は任せておこう。

その後はホテルの部屋を割り振られて、使われなくなっていたのか、やたら埃臭い部屋で休むことになった。

シャワーで汗を流してベッドで横になる。

相部屋になったのは相原と有坂さんだ。

ツインの部屋で、一人はソファーで寝なければならない。

相原がソファーでいいだろうと、俺は早々に寝てしまった。

※

寝て起きたら、作戦決行日当日である。

俺だけ早くに目覚めてしまったので、なにか食べ物でも買おうかと外に出た。空港前だというのに、かろうじて営業しているコンビニが一軒あるだけだった。

コンビニに入ると、京野が腰ぎんちゃくを連れて店内を練り歩いているのに出くわした。いつか見た背の高い女と、おっとりしていそうな女の二人だった。

落ち着いて見れば、周りにいるのは作戦に参加する奴らばかりだ。

「アンタも糖分が欲しくなったんだろ」

「まあな。どうしてわかるんだよ」

「ダンジョンに入る奴は、かなりのカロリーを消費するからな。お前は作戦の要なんだろ。腹減って動けなくなるような真似はやめてくれよな」

京野は後ろの二人を紹介してくれた。背の高い方が小宮で、おっとりした方が斎藤だそうだ。

「たくさん食べるから油っぽいものはつらくないですか」

「確かにね」

ポテトチップスの棚を見ていた俺に、斎藤の方が話しかけてきた。

たしかに最近は食欲があるが、それほど変わったという感じはしない。しかし蘭華となると、最初はコンビニのおにぎり一個とかで一食を済ませていたのだから、女の人にとってはかなり食べるようになるという事だろう。

「さっそく色仕掛けしてますよ」

小宮がわざと聞こえるようにして言った。

「さっそくやってるな」

そしたら、京野がこれ見よがしに同意する。

「なんの話だ」

「その女には気を付けろよ。無自覚に男を引き付けるからな」

「そ、そんなことありませんよ！」

隙のあるような感じがするから、男が寄ってくるという事だろうか。

小宮の方は、以前蘭華にその男について行けば死ぬとまで言っていた女である。今なら、その時のことは、ただの勘違いであったとわかっているだろう。少し気まずい感じでいたら、小宮は俺に小さく頭を下げた。

「その節は、どうも申し訳ありませんでした。まさか貴方が伊藤さんだとは知らなくて」

「いや、いいってそんなの」

「なんだよ。顔見知りか？」

「あれ、伊藤さん。いないと思ったらこんなとこにいたんすね。やっぱり出される食事だけじゃ足りないんですか」

訝しがる京野の声をかき消すように、朝の店内には似つかわしくない声が聞こえてきた。店内に入ってきたのは相原だった。さっそくソファーの寝心地の悪さについて何事か言い始めるが、その相原の尻を京野が蹴って言った。

「よう。お前、伊藤の子分だな。評判良くないぞ。伊藤の名前で威張り散らしてるってさ」

京野はニヤニヤと笑っている。

京野にそう言われて相原は固まった。そのまま顔を真っ赤にすると、相原はコンビニから逃げて行った。

「今の、まずいんじゃないのか……」

「ん？　どうしてだよ。挨拶しただけだろ。そんなに気難しい奴なのか」

「気難しいというか……、その……」

なんとも口にしづらいが、アイツは肩をポンと触られたくらいで恋に落ちるような奴だ。今のは相当な危ない橋を渡っている可能性がある。というか、相原の反応を見る限り相当やばい。

「今の人、きっと美香の事好きになったのよ」

美香というのは京野の名前だろうか。大した慧眼だと思いながら斎藤さんを見る。何か楽しいことでも見つけたみたいに、顔を輝かせていた。

「なんだよそれ。変なこと言いだすなよな」

「意外と渋い感じだし、美香となら悪くないと思うなあ」

「やめてよ」

なぜか小宮が顔を赤くしている。

のん気な感じで斎藤が渋いと言っているのは相原のことだろうか。確かに最近は世を拗ねたような、斜に構えたような顔でむくれていた。世の中に対するおぞましい不満を、ただため込んでいるだけなのに、それが渋いというのは違うだろう。

ホテルに帰ったら朝食の用意が出来ていたので、チームごとに割り振られた丸いテーブルに座る。すでに俺のチームはみんな揃っていた。

席では相原が熱に浮かされたような顔でボケッとしていた。

俺は買ってきたコーヒー牛乳やらなんやらを一緒に並べて食べ始めた。

「伊藤さん、あの方は何という名前なのですか」

「お前も知ってるじゃないか。京野だよ」

「なんか、凄く嫌な予感がするんですけど……」

様子の変わった相原を見て、桜はなにか気付いた様子だった。

「違いますよ。僕にちょっかいを出してきた人がいたじゃないですか。あの後ろにいた背の高かった人ですよ」

「お前の周りでは時空でも歪んでんのか。お前を蹴っ飛ばしたのは、間違いなく京野だぞ」

「お兄ちゃん、まさか……」

ちょっかいを出したのは間違いなく京野である。

「あの背の高い人の名前を教えてください」

「たしか小宮と名乗っていたな」

「なるほど、小宮という名前なんですか。素敵な人だなあ」

「誰なんですか、その哀れな人は」

桜はまたかという顔をした。哀れというのは、相原のアプローチが酷いということを言っているのだろう。

「小宮美香という人ね。私がレベル上げを手伝ったから知っているわ」

「美香ってのは、京野の名前じゃなかったのかよ。おかしいのは俺だけか！」

じゃあ斎藤は、相原が小宮に惚れたところまで見抜いていたという事になる。しかし小宮は相原にちょっかいなど掛けていないのだ。

ケツを蹴られて惚れてしまったという話はどこに行ってしまったのか。

「伊藤さん、お兄ちゃんは事実すら捻じ曲げますから気にしても無駄ですよ」

「その言葉を聞いて安心したよ。自分がおかしくなったのかと思った」

「伊藤さん、僕には新しい使命が出来ました」

俺は思わず箸を取り落としそうになった。

「こいつはすげえや。もうそこまで思い込んでるのか」

「いつものことです」

桜は既に平然とした顔で朝食に戻っていた。

オーク

朝食を食べている広間には、このホテルに泊まった百人以上が集まっている。他のホテルも合わせて、全部で三百人は参加する作戦だ。

「豪勢な朝飯だよな」

「そうね。縁起でもないわ」

蘭華が不機嫌そうに言った。出陣前に豪勢な食事を出されたら、嫌でも命の危険があることを思い出す。

常に一緒に行動している自衛隊の装甲車や輸送車の物々しさも、どうしたって戦争を連想させた。戦闘ヘリや戦闘機すら、空港には何機も用意されていたのだ。

ここに来て、周りもやっと戦地に向かうのだという空気になってきたような気がする。

これなら、わざわざコンビニで食べ物を買い足す必要などなかった。誰でも好きそうな料理が食べ放題だ。夕食は明らかにレトルト食品のような味がしたし量も少なかったが、たぶん準備する時間が足りなかったのだろう。

「ダンジョンで出た武器なんてナマクラだろ。やっぱり魔鋼で作られた刀だよ」

「だけど、すぐに刃こぼれするんだろ。その点、ダンジョンから出た奴は頑丈だぜ」

「切れなきゃ意味がねーな」

隣からそんな声が聞こえてくる。標準語のようにも聞こえるが、関西のなまりがあるように感じた。うるさいが、このくらい気負わないでいてくれる奴がいるというのは有難い。

誰だって国からの要請というのは建前で、オークが落とすアイテム目当てで参加しているのだ。回復アイテムまで支給されながら敵が倒せるなら、何をしても黒字になる。霊力だって普通にやるよりは、遥かに上がりやすいだろう。

オークとの戦闘経験があれば逃げられないという危険性があることを知っているはずだが、今のところ北海道以外でオークは確認されていない。

朝食の時間が終われば、東京班、滋賀班、熊本班に分かれてトラックに分乗した。トラックに揺られること三時間、着いた先では、まずテント張りからだった。

オークの砦からはかなり離れた位置にあり、トラックと戦闘車両で、いつでも離脱できる位置にベースキャンプが作られる。ハイゴブリンの見回りがやって来ない位置にあり、万が一来たとしても森の中に見張りを置いてあるから、ハイゴブリンくらいは仲間を呼ばれる前に倒せるという寸法である。

すでに森の中には先に来た自衛隊の精鋭が展開中だった。

最後に、効果があるのかわからない迷彩柄のネットをかぶせてテントは完成である。

「こんなものかしらね」

「あのでかいテントはなんなんだ」

「説明してたじゃないの。食堂とお風呂よ。食事は食べられるときに食べていいそうよ」

食堂のテントは小さいから、順番に食べなければあふれてしまう。食事の時間は長めにとってくれるという事だ。

その後で各自テントの中で装備に着替えた。武器は休憩の間も外さず、常に持っているように言われている。

やっとここまで来たかという感想である。

「そんじゃ、次はオーク狩りだな。しばらくは暇になりそうだ」

「どうしてよ」

「オークくらい、わざわざ俺が倒すほどのもんでもないだろ」

「あら、その程度なのね」

それは俺ならであって、蘭華なら結構いい勝負になるはずだ。俺が今の蘭華くらいのレベルで戦った時も、なんとか勝てたくらいだった。

しばらくして集合の合図が掛けられ、クリスタルが各自に配られる。赤、橙、黄、青、紫のクリスタルがパーティーごとに配られて歓声が上がった。ほとんど俺が出したものばかりだ。

しかしこれきりで補充は出来ないから、クリスタルが無くなったパーティーは作戦には参加させられないと告げられた。俺が村上さんに頼んで売ってもらった分くらいだから、これ以上補充できないというのは事実だろう。それにクリスタルを簡単に使ってしまうような奴らを残しておいても、物資を減らすだけだ。

「最初は東京班から行きます。先導するのでついて来てください。魔法は班長の指示があるまで使用禁止です」

東京班を率いるのは山口さんであるらしい。脇には山田さんと加藤さんの他に五人ほどを連れている。残りのメンバーは見張りでもやっているのか、その場にはいない。

「なんだよ。東京班は女だらけじゃねーか」

「こりゃ、貞操の危機だな」

他の班の奴らがギャハハと下品に笑った。

京野が青筋を浮かべるが、俺は構うなと言って前を向かせた。

「僕がいるのに危機なんてあるわけないだろうがぁ！」

何故か、相原が一番激昂して暴れ出したので、あわてて押さえつけた。今にも殴り掛からんばかりの勢いだ。

「なにするんですか。あんな奴ら黙らせてくださいよ！」

「そんなに興奮しなくてもいいだろ。あいつらは味方だぞ」

「静かにお願いします！」

山口さんのピリッとした声で、場の空気は静まり、三班が揃って前進を開始する。

相原も大人しくなったので手を離した。

かなり太い木が生えていて、いきなり視界がまったく効かなくなった。小枝を手で払いながら、黙って前を歩いている奴について行く。

後ろを見ると、まるで昔の軍隊の行軍みたいで、かなり壮観な光景だった。

「どこまで行くんだろうな」

「丘の上に行くって言ったじゃないの。全然聞いてないのね」

「それって、あのバイクで行った丘の上ですか？」

「いや、それよりもずっと離れたところにある丘だそうだよ。トロールがリンクしない距離にあるらしいね」

有坂さんと見に行った丘ではないようだ。

リンクというのは何かと蘭華に聞いたら、モンスターには敵を認識できる距離があるのだという。

そんな訳のわからない理屈に頼っていて大丈夫なのだろうか。哨戒してるゴブリンがいるなら、そんなの関係ないような気がした。

「ずっと離れているからトロールは大丈夫だよ。それよりもオークに集中しないとね」

「有坂さんはオークなんかにビビってるんですか。僕の後ろに居れば大丈夫ですよ」

「へえ、お前はそんなに使える奴なのかよ」

美香に惚れているらしーなと、寄ってきた京野が相原の耳元で声を潜めて言った。

確かに相原の守りは堅いから、オークぐらいなら耐えられないわけがない。赤くなって話せなくなってしまった相原に代わり俺が答えた。

「危なくなったら、そいつの後ろに回れば助かるのは間違いないぜ」

「そーか、いざって時はよろしくな」

「よろしくね」

相原は小さくええと呟いたが、小宮が現れたら何も言えなくなった。やはり意中のお相手は小宮であるらしい。訳がわからない。

「女の人が苦手だから、作戦中に話しかけると危ないわよ」

「そうです。意識が抜けたようになってしまうので気を付けてください」

蘭華と桜が、相原の取り扱い方を解説している。確かにそういう説明も必要だろう。

それにしてもいつまで歩かされるのだろうか。視界が悪すぎて、先頭にいる山口さんは槍の穂先しか見えない。

何度か行軍が止まったものの、しばらくしてやっと視界の開けた丘の上に出た。岩のごつごつした山頂部分だけ木が生えていない。

頂上に着いたら、そこから中腹に生えている木を魔法で焼き払う。木はすぐに炭になって延焼することもない。

山頂で三方向に班を展開させると、そこに現れたハイゴブリンにアイスダガーを放って敵を呼ばせる。

ゴブリンの悲鳴はかなり遠くまで響いた。

「伊藤さんは中心にいて、崩れそうなところを手伝ってください」

山口さんの指示に従い、俺は真ん中に陣取る。

ほどなくしてオークが丘を駆けあがる音が聞こえてきた。何も見えないが、音から察するに丘の勾配が緩すぎてオークの脚力がまったく殺せていない。

「我、神軍の元帥なり！　いざ、尋常に勝負!!」

前の方から相原の叫び声が聞こえた。小宮がいるからか、いつにもまして狂気に磨きがかかっているなと感心する。そんなに偉い奴だったのかよという、京野の訳のわからない突っ込みも聞こえてきた。

「なんだよ、あれ。頭おかしいんじゃねーのか」

右の方に展開している滋賀班のやつが相原のことを笑った。

最初は敵が近づく前に魔法で倒せていたが、そんなのは長く続かない。前の方から、ズゴンと相原が盾で敵の突進を受けた音が聞こえてきた。同時に悲鳴が聞こえて、有坂さんの魔法が光る。

「どいてッ！」

蘭華の切羽詰まった声が聞こえて、オークの頭が宙を舞った。

東京班はなんとか倒せるようだった。

次第に両サイドにも敵が突っ込み始めると、滋賀班の方から、銀色の鎧が血をまき散らしながら人垣を超えるように飛んできて、地面に落ちると勢いよく転がってきたので、俺は足でそれを受け止めた。

「大丈夫か」

「うっ……」

どうやらまだこいつは生きている。しかし、滋賀班は阿鼻叫喚の様相で、まったく前線が維持できていない。

オークの魔弾を食らって、盾やら武器やらが宙を舞っている。

「どけ!!」

こらえきれずに俺が叫ぶと、人垣が割れてオークがこちらに突っ込んできた。

前衛が逃げてしまっているから、後衛にまで被害が出始めている。気持ちで負けてしまっているから、このままでは持ち直せないだろう。

気合を入れなおす必要があるなと考える。普通に倒したんじゃ駄目だ。

俺は突っ込んできたオークに、全力の蹴りを放った。凄まじい衝撃を足に感じて、オークはその場ではじけ飛び、肉のようなものをドロップした。

「ビビるな！　回復もあるし恐れる必要はないぞ！」

辺りが静まり返って、みんなこちらを見ている。

次に突っ込んできたオークを、盾を持った奴が体当たりするように受け止めた。そのオークに俺がアイスランスを放つと、それに続けとばかりに剣や槍、斧を持った奴らがオークに突っ込んだ。

それで何とか前線を維持できる体制になった。

エリアボス

「ありがとうございます。助かりました」

吹き飛ばされてきた銀鎧の男を手当てしていた山口さんが言った。

流れはいい方に変わって、盾役がちゃんと敵の突進を止めている。勾配を利用して敵の勢いを殺しているから、不可能ではないはずだ。

「監視を始めてください」

山口さんの指示で、ドローンが飛ばされた。

この作戦には探索組しか参加していないので、ドローンを操作するのも自衛隊の探索組の人である。しかし、そのドローンも、すぐにハイゴブリンの魔弾で撃ち落とされてしまった。

「そんなの飛ばさなくても、トロールが来たら足音と地響きでわかりますよ。それに木よりもでかいので、遠くからでも肉眼で見えます」

「それは確かなのですか」

「ええ、下見しているので確実です」

「そうですか……」

山口さんは考え込む仕草を見せてから、ドローン作戦の中止を命じた。そして余っている自衛隊員を、滋賀班に合流させる。

俺はその後で、正面を担当していた東京班の負担が大きくなりすぎて、東京班の前に出て敵を減らす任を与えられた。

まるで波が押し寄せるように、オークが押し寄せてくる。

さすがの俺でも、このままでは捌ききれなくなるというところで、蘭華が加勢に来てくれた。そんな状態が数時間続き、皆の息が上がってきた頃、オークの波は途切れた。

最後の一匹が果敢に丘を登ろうとしている。

「それを倒したら、いったん退却します！」

山口さんの言葉が終わる前に、前に飛び出した蘭華がオークを斬り伏せている。

スキルのお陰なのか、レアアイテムによるものか、あまりの早業に、俺ですら驚いてしまった。

最後のオークが倒れたのを皮切りに、俺たちは一目散に丘から逃げ出した。我先にと、競い合うように森の中を走ってベースキャンプを目指す。

オークの群れが途切れなく攻めてきて、やばいんじゃないかと誰もが感じていたはずだ。

隣を走っている蘭華の頬には血が付いていた。俺がそれを教えると、蘭華は血をぬぐって言った。

「途中で、どうしても避けられなかったのよ。クリスタルで治したから平気よ」

地上では血を流しても灰にならないから残るのだ。その血の跡がなんだか生々しくて嫌だった。

「自分の足にも血が付いているじゃないの」

言われて見てみれば、確かに足を怪我したようだ。たぶんオークを蹴った時だろう。

ベースキャンプに戻ると、皆へとへとになっていてテントに引き込んでしまった。血まみれになっていた者も多かったので、すぐに風呂が沸かされて食料も自由に持って行っていいという事になった。

予想よりも、あまりに激しい戦いになって、誰もが真剣な表情になっている。ここに戻ってこれないんじゃないかという不安は皆が感じたに違いない。一方で、のん気にオークのレアドロップを喜んでいる者もいた。

オークのドロップは悪くない。特に肉の塊は、すでに焼いて食べている者の話では絶品だそうだ。俺はテントに入って、相原が持ってきてくれた缶詰を食べた。朝食は豪華だったのに、作戦中はずっと缶詰なのだろうか。ここまでの道のりは危険だから、食べ物を運んでくれるとも思えない。

俺はひと眠りして風呂に入り、作戦本部のテントに入った。すでに深夜だというのに、山口さんを含む何人かが地図を睨んで会議中だ。俺がこんなところに勝手に入っていいのか知らないが、山口さんはすんなり迎え入れてくれた。

「作戦はどんな感じですか」

「初戦は勝利と言っていいでしょう」

「でも、最後に敵が途切れなかったら、ゲームオーバーでしたよ」

「ええ、そうですね。今こちらでも、そのことについて話していました。今回は、あたり一帯のオークを倒しきったと見ていいでしょう。そうなると、次も一帯にいるオークを倒しきらないと退却もできないという事になります」

「やはり、無理なんじゃないですかね」

「次の作戦予定地としていた場所は内部に入り過ぎていたので、別の予定地を検討しているところです」

山口さんには、意地でも作戦を完遂するという意思が見られる。しかし、今回のような戦いは続けようがない。

そう都合よく地形が用意されているわけもなく、作戦会議は膠着しているようだ。こんな時間まで地図を見ているという事が何よりの証である。

「で、場所はあるんですか」

「窪地を守らなければならない場所ならば」

「それは自殺しに行くようなものですよ。今日、さんざん見たはずじゃないですか。あの突進は勢いが乗ったら受けられません」

「伊藤さんのチームにいる盾を持った人なら受けられるんじゃありませんか。元帥殿ですよ。窪地なら先頭の一点を守れば、両サイドは丘の上で戦えます。元帥殿の盾に、伊藤さんが加わればなんとかなるんじゃありませんか」

そこなら最終的にやってくる敵の数も少なそうだ。今日の作戦の後から、相原は元帥殿と呼ばれている。しかし、俺としてはあんな気狂いに作戦の肝を任せるのは感心できない。面白がっていじっていい類の人間ではないのだ。

しかし、いい加減山口さんも寝かせてあげるべきだ。

「俺のチームで当たらせてもらえるなら、たぶんいけますよ」

「いいでしょう。今回は全体を二班に分ける予定なので、両サイドに余裕がないのですが、見張りに使っている隊も加えることにします」

※

一晩明けて、霧に包まれた景色を見ながら深呼吸していると、山口さんも出てきた。

結局、寝ずに作戦を詰めたらしい。目の周りに大きな隈ができていて、まるで別人のような顔だ。

朝食を済ませたら、心持ち緊張した進軍が開始された。

オークのドロップがいいからなのか、誰も逃げ出さなかった。朝食には自衛隊が確保した分のオーク肉が出されたが、高級な豚肉のようで、かなりの美味だ。

そしてまた一列縦隊を作って森に入る。

今回は蘭華が山口さんとともに先頭に立っている。速さを買われて、途中で出てくる奴を倒す役割を振られたのだ。

「伊藤さん、僕は盾職が、存外ハズレではないのではないかと思うようになりましたよ」

「たしかにな。ずいぶんと活躍したらしいじゃないか」

「実際に相原君の存在感は悪くなかったね。絶対に倒れない盾がいるのは、後ろに安心感を与えていたよ。大したものだ」

「それに口上も立派だったぜ。意味は分からなかったけどな」

「伊藤さんの弟子としての面目躍如ですね」

「お前は目立ちたくて、俺の弟子になるとか言ってたのかよ」

谷に着いたら、前回と同じように最初に配置を済ませる。

谷間の間で、両サイドに丘があり、その中心は、正面の森に対して勾配になっていた。ここを通って後ろを取られると、挟み撃ちにされてしまう。

「元帥殿、皆が、元帥殿の口上を心待ちにしておりますぞ」

「わかってますよ」

有坂さんはからかって言っているのに、相原はその気である。

最初のゴブリンにアイスダガーが刺さり、開始の合図となる叫び声が谷間に響き渡った。

最初のオークが地響きを立てながら森の中を走ってくる。それに合わせて相原が叫んだ。

「神軍参上！！！　いざ参る!!」

待ち狩りだというのに参るはないだろうと思っていたら、相原は坂道を駆けあがり始めた。

周りが歓声を上げる中、最初のオークが森から顔を出す。そのオークは通常の三倍以上はある体躯を持っていて、明らかにエリアボスか何かだ。相原は躊躇なく、そのボスオークに向かって突っ込んだ。

黒く輝く鎧のようなものを着ていて、明らかに普通のオークではない。

ボスオークが引き連れていた、普通のオークを蘭華が前に出て一匹斬り捨てた。そしてもう一匹を有坂さんが魔法で倒す。

ボスオークの牙が相原の盾にぶつかった。すさまじい音が振動となって谷間の大気を震わせる。

ボスオークを受けた相原は砂煙を上げながら、十メートルほど地面を滑って元の場所まで戻ってきた。

ちょうどいいところにボスオークの胴体が来たので、俺は気を吐いて魔剣を振り下ろした。金属の胴鎧に魔剣が触れると、つんざくような金切り音が鳴り響き、一刀のもとにボスオークの胴体は両断された。

もうそこからは考える暇もないほどの大群が押し寄せた。

相原が受け止めた敵を倒すのは蘭華に任せて、俺は前に出る。

討ち漏らしたものは蘭華たちに任せて、俺はとにかく敵の数を減らすことに集中した。悪い癖が出たのではなく、中心である俺たちに敵が一極集中しすぎているのだ。

丘の上は、開戦と同時に敵と丘に視界を遮られて、どうなっているのかもわからない。戦う音は聞こえているから、押しつぶされているわけではなさそうだ。

俺は左右の丘を蹴りながら、流れてくるオークを叩き斬り続けた。

一休み

「やっぱり伊藤さんには敵いませんね。美味しいところを全部持っていかれました」

「お前は盾だからな。どうしたって倒すのは俺だよ」

「ええ、本当にイカレた威力ですよ。一振りで戦況を変えてしまいますからね」

また盾は嫌だと言い出しそうな流れだが、そういう空気は感じない。目立てればなんでもいいやと思っているのが相原であるはずだ。

「今日の働きには、勲章を出してもいいくらいですよ」

隣を走っていた山口さんが言った。あまり相原を甘やかすような発言は言って欲しくない。

今回はベースキャンプから離れているので、帰るだけでも大変だ。

「私の経験の範囲で言えば、あれはボスだったよね」

「やはりそうなのでしょうか。いきなり見慣れない敵が現れて焦りましたが、二人が倒してくれたので、無事に作戦を終えることができました。あのような不確定要素が今後もあるようだと、こちらとしては手の打ちようがありません」

「まあ、例外じゃないですかね」

ボスの配置については俺にもよくわからない。いたりいなかったりするし、その位置に到達した時点のレベルでは、倒せるかどうかもわからないようなランクの強さを持っている。

「それよりも、私はアイテムボックスが満杯だよ。このまま売れないようだと、帰ると言い出す人が出ないとも限らないね」

「それも問題ですね」

その問題は作戦に参加していた、あるチームによって解決された。買い取ってもいいと申し出があったそうである。探索しながら商売にも手を出しているチームがあったのだ。滋賀班のチームがドロップ品を買い取って、自分たちで運搬まですするらしい。しかし、買取の値段はお世辞にも高いとは言えない。

「こっちも輸送せなあかんのやわ。オークに襲われて、輸送品を失うリスクもあるやろ」

その言い分には何も言い返すことができず、俺は持っていたドロップのほとんど売ってしまった。買い取りだけじゃなく売りの方もやってくれるらしく、かなり品ぞろえはいい。東京にはなかった、初めて見るような装備もある。鉄で補強されたブーツを俺と相原用に二足買った。

ここにある防具に関しては、魔法によるサイズ調整機能の付いたダンジョン産しか扱っていないそうである。

ボスオークのドロップを持っていることも知られているので、見せてみいやと言われてみせることになった。

「五百万でどうや。アンタのチームにはいらへんのやろ」

ぶ厚い革の鎧だが、確かに俺のチームには必要ない。有坂さんが装備するには重すぎるし、蘭華にはもっといい鎧がある。

俺がうんともすんとも言わないうちに、山本という女は金貨を投げてよこした。

「これは何だよ」

「んなことも知らへんの。ダンジョン内では、ゴールドで取引すんのが常識なんよ。ここには銀行もないし、そのほうがええやろ」

札では紙だから、ダンジョン内ではすぐ炭になってしまうため、金を使うのが主流らしい。

もう一つ出たのはどうしたのかと聞かれたが、範囲加速の魔法だったので、すでに桜に覚えさせている。加速している間、ずっと桜のマナを消費し続けるので、使いどころは難しい魔法だ。

そんなもんやすやすと使うなやとかなんとか山本に言われるが、俺は金が欲しくてやっているわけではない。

「俺のチームは、それでやってるんだよ」

「ほんなら、次はうちん所に持って来てや。値段くらい聞いてもバチ当たらへんやろ」

そんなことを言われても約束はできない。あくまでも、俺はダンジョンの攻略優先でやっているのだ。

「いらないものが出たらな」

ボスドロップはそう簡単に売っていいとも思えないが、勢いに負けて売ってしまった。どうせ、いらないものだしいいかと、受け取った金はチームで適当に分けた。金貨だと細かい金額の調整ができなくて、わける場合には不便さしかない。

それにしても俺の装備品にまで興味を持って、根掘り葉掘り聞いて来ようとするからたまらない。

※

夕食時になって、次の作戦日時が言い渡された。次の作戦は翌日の昼からという事で、半日くらい暇になる。この休息は魔光受量値を下げるためのものだ。

夕食後、やることもないので早く寝てしまったら、まだ夜が明ける前に目が覚めた。というか、相原のいびきがうるさすぎて寝ていられなかった。

こんな時間に目が覚めても何もすることがない。空港まで行けないこともないのかもしれないが、それも面倒なだけだ。周りも同じなのか、こんな時間なのに話し声が聞こえてくる。

有坂さんは耳が遠くなっているのか、羨ましいことに相原の隣でも平気な顔で眠っている。まるで死んだように眠っているので、まさかお迎えが来たのかと思って焦ったほどだ。

耳を塞いで寝袋にくるまっていたら、蘭華の声が聞こえてきた。起きていたなら肉でも焼いてもらおうかと思ってテントを出て、蘭華たちのテントの前まで移動した。

「なあ、ちょっと入ってもいいか」

「いいわよ。入りなさい」

蘭華と桜が、懐中電灯の小さな光でお菓子を食べながら時間を潰していた。

「お兄ちゃんのいびきうるさいですよね。すみません」

「ああ、耳の奥がじんじんするよ」

「ホントよ。私たちまで寝られなかったわ」

「うう、凄く恥ずかしい」

桜は膝を抱えて顔をうずめた。本気で恥じているのだろう。あらためて見ると、桜は本当に線の細い体をしている。

「桜ちゃんが気にすることじゃないわ。それよりも、剣治にお願いがあるんだけど」

あらたまってそんなことを言いだされると少し怖い。

「なんだよ」

「お風呂に入りたいんだけど、覗こうとする人たちがいるらしいのよ。見張りを頼めないかしら」

確かに気性の荒い奴が多いし、若い奴も多いから、そんな心配も必要だろう。しかし、この時間ならさすがに、そんな奴もいないいんじゃないだろうか。

「俺にそんなことさせるのかよ。外は寒いし小雨が降ってるんだぜ」

「いいでしょ。行くわよ。桜ちゃんも入りなさい」

俺は小雨が降ってる外に駆り出されて、風呂用のテントの前で立ち番をさせられることになった。

「覗くんじゃないわよ。もし、そんなことしたら殺すからね」

「早くしろよ」

そのやり取りを見て桜がクスリと笑った。

「ずいぶん伊藤さんのことを信頼しているんですね」

「まさか。こいつは、そんなことに興味がない唐変木なのよ」

風呂のテントの中は暖かそうだが、外はかなり寒い。

まさか覗きなんて誰もしないだろうと思っていたら、周りをうろうろしている男どもは多い。真っ暗だからバレないと思っているのだろうが、猫目の前では誤魔化せない。うろうろしている奴らを牽制するために、空に向かってファイアーボールを一発放ったら、皆一目散に逃げていった。

「あら、こんなところでなにをしているんですか」

声をかけてきたのは山口さんだった。

俺が事情を話すと、助かりますと言って風呂に入って行った。

クロークがびしょ濡れになるころになって、やっと二人が出てくる。

俺は急いでテントに引き返した。

テントに入り、クロークをアイテムボックスに移す。そしてアイテムボックスから、薄い皮に包まれたままのオーク肉を取り出した。

さすがに三食缶詰だと、口の中がブリキの味になって非常に辛い。だから朝飯に調理してもらいたかったのだ。それはみんなも同じであるらしく、小雨が降っているのに、周りではそこらじゅうでたき火を焚いている。

「あっ」

桜が驚いたような声を上げて、俺もつられて視線の先を追ってしまった。瞬時にまずいものを見たなと気が付いて、俺は体が硬直した。

蘭華は髪の毛を拭いていていて気がついていない。

「あの、蘭華さん。その、浮いてますよ」

蘭華は薄いローブの胸のふくらみの先に、ポツンと小さなふくらみが二つ浮いていた。それに気づいた蘭華が、短い悲鳴を上げてこちらを睨む。前かがみになって、ふくらみを隠した。

「なんだよ」

「見たわね」

「なんで革の服を着てないんだ」

「お風呂上がりで、蒸れるからよ！」

蘭華は怒るでもなく俺を睨むのみで、それほど狼狽した様子もなく図太い神経をしていた。桜の方があたふたと取り乱しているくらいだ。第一、装備は外さないようにと言われていたはずだ。

「なあ、肉焼いて欲しいんだけどさ」

俺としては場の空気を和ませるためにそう言った。そしたら、薪を拾いに行けと命じられて、また外に出ることになってしまった。

薪を拾ってきたら、サバの味噌煮缶で味付けをして、蘭華がオーク肉を焼いてくれた。

米だけは食料の中にあるので、飯盒で炊くことができる。

火は目立つから使わないようにと言われていたが、さすがにみんな缶詰には耐えきれず、気にせずに火を起こしていた。だから俺たちも遠慮せずに火を使う。

少し蘭華に対して気まずいが、俺はなるべく気にしないようにしていた。

食べ終わる頃には空も明るくなって、霧が晴れると抜けるような青空が広がった。

こんなに青い空は見たことがなというほど濃い色をして、その下には地平線の果てまで伸びた道路が太陽の光を受けている。

日が昇り切る頃には、次の作戦が始まるだろう。

用語解説

【あ行】

アイスダガー：小さな氷の刃を撃ち出す魔法。

アイスランス：大きな氷の槍を撃ち出す魔法。

アイテムボックス：ダンジョン産のアイテムを収納できる魔法。目録を表示させることもできる。

赤ツメトロ：赤羽の喫茶店から名前をとって作られたチーム。女性だけであることと、支援が受けられることからメンバーが増え、各地に支部を持つ。

暗躍のローブ：姿を消すことができるローブ。攻撃したり魔法などを使ったりすると透明効果が切れる。時間が経てば透明効果は再発動する。最高レアの装備品。

オーガ：巨大な紫色の鬼。石の棍棒を持っている。怪力。

オーク：イノシシの頭に、人間に近い胴体と手足を持つモンスター。北海道のダンジョンから現れ、周辺の村々を襲った。近代兵器も通用せず、自衛隊の小隊も壊滅させられた。

オーラ：全身を覆うマジックバリア。砕けてしまうと効果はない。防げるのは衝撃だけで、炎などの熱はほとんど通してしまう。

【か行】

加護の石塔：試練の遺物によって立てられている石塔。魔力を流すと様々な制限を課される代わりに、能力の一部を底上げしてくれる。

鑑定のオーブ：天啓（ステータス確認の際に使用）はスキルではなく、試練の遺物が持っているステータスを数値化する機能を呼び出しているだけのものであり、鑑定のオーブは試練の遺物と同じ数値化機能を持つアイテム。

厩舎：召喚魔獣を入れておく施設だった場所。

訓練所：スキルや魔法などを試し撃ちするための施設。

研究所：魔法研究所。クリスタルの生産施設でもある。

クリスタル：六角形の水晶で、色により砕いた時の効果が異なる。赤系は体力を回復し、青系はマナを回復する。色が薄くなるにしたがって効果が強くなる。レッド、オレンジ、イエローが体力を回復し、ブルー、パープル、クリアブルーがマナを回復する。アンデッドがよくドロップする。

高エネルギー結晶体：大量の魔力を秘めた結晶。軍事利用の可能性から各国が研究している。とてつもなく高額で取引される。宝物を動かすためのエネルギーにもなる。宝物には高エネルギー結晶体を入れるための部位が必ずある。

鉱床：滋賀のダンジョン内で発見された。魔鋼の塊。

【さ行】

司書：大図書館の管理人であり、蓄えられた知識を管理するための役職。宇宙船の権限管理システムによって、図書館内にあるすべてのシステムにアクセスすることを許可された証。知りたいことに関する大図書館内の記述が頭の中に浮かび上がる。自分の知識にはない言葉でも読むことができる。

主郭：ダンジョンになった宇宙船のコントロールルーム。

召喚魔獣：契約により呼び出すことができるようになる魔獣。今のところ、麒麟のような空を駆ける馬の存在が確認されている。

試練の遺物：モンスターや加護の石塔を生み出す装置。大図書館の知識にも記述は少なく、何のために作られたものなのかもわからない。なぜ起動しているのかも不明。試練の遺物が起動したことにより、ダンジョン内は試練の遺物にたどり着くのを防ぐため、障害となるモンスターが生み出され続けている。

スキル：スキルストーンを消費することによって獲得することができる能力。身体能力や技術、武器の使い方などを習得できるほか、マナを消費せずに効果を発揮する魔法技術などがある。

スキルストーン：石とも呼ばれる、三角形の半透明な物質。魔力を流し込むとスキルを獲得する。色は、灰、銀、金とあり、順に希少性が増す。金色が最も有能なスキルを獲得できる。基本的にはマナを消費しないものが多く、イメージしただけで新しい力を発現できるようになる。
スペルスクロール：Ａ４程度の紙切れ。紙に魔力を流し込むと魔法を獲得できる。魔法は使用者のマナを消費して発現し、その威力と規模は魔力に依存する。

【た行】

大神殿：高度な魔法やスキルなどが収められている施設。スペルスクロールやスキルストーンはここで作られていた。
大図書館：知識の集約と解析をするための施設だったもの。その知識に、ダンジョンが地球に現れた理由などは収められていなかった。
体力：ゲームでいうＨＰのようなもの。体の健康状態を表す。
探索協会：ダンジョン管理法によって定められた探索許可証を発行する機関。探索者の管理と、探索者のダンジョン内における権利を管理するのが最初の設立理由だった。探索者に対し支援や援助などは行っていないほか、資源管理なども管轄外。
ダンジョン：突如地球に現れた異世界への入り口。ダンジョン内にはモンスターが現れ、倒すとレベルアップし、様々なアイテムを落とす。
超回復：座禅を組んで瞑想することにより、霊力を消費した自然回復のスピードを速める。
貯蔵庫：食料や消耗品などが収められた部屋。
動力室：魔力を生み出すための施設。

【は行】

武器庫：武器が大量に収められていた施設。
フロッティ：使用者を加速させる宝剣。見た目は小さなナイフ。
宝物：ありとあらゆる力を持った魔法のアイテム。空飛ぶ絨毯や移動用の家など。
宝物庫：地上には存在しない、魔法技術によって作られた未知なるアイテムの貯蔵施設。武器になるようなものも多い。一般の兵士が持つような武器は武器庫に収められていた。魔法の効果がついている、この世に一つしかないような武器防具や魔法は宝物扱い。

【ま行】

魔光：魔力から出る波動。体内に蓄積され、人体に悪影響を与える。ダンジョン内のように魔力の濃い場所では蓄積され、地上では放出される。ダンジョン内でドロップする装備や、魔鋼によって作られた装備は、その影響を軽減する効果がある。

魔鋼：ダンジョン内で発見された特殊な金属。名護屋国立大学の研究で加工することが可能になった。魔鋼から作られる武器は地上で使われていたものを参考に作られている。

マジックアロー：光線を放つ魔法。杖以外の装備を手に持っていては発動できない。発動には両手が必要となる。発射してからも多少は術者の意思で動かせる。

魔獣：使役するために、魔法によって作り出された人工生命体。鎧にその力の一部が封じ込められていることもある。

魔装：魔力によって強化された体の強さ。モンスターからの攻撃に対する防御力。

魔盾：一般にマジックシールドと呼ばれ、半透明なガラス状の物質を呼び出して、簡単な攻撃であれば防ぐことができる。フライパン程度から、全身が隠れるようなものまで、大きさは使用者により調節可能。

魔弾：ソフトボールくらいの黒い魔力の塊が打ち出される。魔力と熟練度に依存した威力を発揮する。有名な国民的アニメに出てくる技と類似しているため、その名前となった。このスキルだけは誰でも使うことができるが、ダンジョン内でしか発動しない。

マナ：魔法を発生させると、魔法の種類により一定の数値だけ消費する。

魔力：魔法やスキルの威力を表す数値。魔法との親和性を表す。

魔力酔い：洞窟内の魔光によって、体の筋肉や臓器にダメージを受けることで、痛みや吐き気などがもたらされる。数日のうちに治るが、その間に魔装の数値が上がる。

【ら行】

リサイクルショップ：中古品の売買には古物商許可が必要なため、ダンジョンから出たアイテムの売買はリサイクルショップを介して行なわれることとなった。ダンジョン産のアイテムの売買をしている目安として五芒星の魔法陣を看板に書くことを提案したのはネットの住人である。

霊力：肉体的な強さ。倒した敵から一部魔力を吸収する。数値は体力やマナなどに変換できる。

レベル：魔力を吸収したことで、どれだけ成長したかを数値化したもの。

UG novels UG020

裏庭ダンジョン
ー世界は今日から無法地帯

2019年8月15日 第一刷発行

著　　者　塔ノ沢渓一
イラスト　イコモチ
発 行 人　東 由士
発　　行　株式会社英和出版社
〒110-0015　東京都台東区東上野3-15-12 野本ビル6F
営業部：03-3833-8777　編集部:03-3833-8780
http://www.eiwa-inc.com
発　　売　株式会社三交社
〒110-0016
東京都台東区台東4-20-9　大仙柴田ビル2F
TEL：03-5826-4424／FAX：03-5826-4425
http://www.sanko-sha.com/
http://ugnovels.jp
印　　刷　中央精版印刷株式会社
装　　丁　金澤浩二（cmD）
D T P　荒好見（cmD）

ISBN 978-4-8155-6020-1

塔ノ沢渓一先生·イコモチ先生へのファンレターはこちらへ

あて先
〒110-0015
東京都台東区東上野3-15-12
野本ビル6F
（株）英和出版社
UGnovels編集部

本書は小説投稿サイト『小説家になろう』（https://syosetu.com/）に投稿された作品を大幅に加筆·修正の上、書籍化したものです。

『小説家になろう』は『株式会社ヒナプロジェクト』の登録商標です。

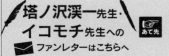